饌

THE
MORE LOVE
THE
MORE LONELY

林东林 著

越相爱
越孤独

中国友谊出版公司

图书在版编目（ＣＩＰ）数据

越相爱越孤独 / 林东林著. -- 北京 ：中国友谊出版公司，2020.5

ISBN 978-7-5057-4857-6

Ⅰ．①越… Ⅱ．①林… Ⅲ．①随笔－作品集－中国－当代 Ⅳ．①I267.1

中国版本图书馆CIP数据核字(2019)第258124号

书名	越相爱越孤独
作者	林东林
出版	中国友谊出版公司
发行	中国友谊出版公司
经销	新华书店
印刷	北京中科印刷有限公司
规格	787×1092毫米　32开
	8.5印张　125千字
版次	2020年7月第1版
印次	2020年7月第1次印刷
书号	978-7-5057-4857-6
定价	45.00元
地址	北京市朝阳区西坝河南里17号楼
邮编	100028
电话	(010) 64678009

电话　(010) 59799930-601

因孤独而爱
又因爱而孤独

感性得到爱情
理性保质爱情

爱情最大的敌人
是相爱时却不懂爱

目录 contents

人性是男女之间
最后的较量

代序 素心

韩松落

有段时间，很喜欢法国电影，却对法国电影里总要出现的"爱"感到不耐烦。

他们的电影里，爱是头等大事。电影里，总有人用一把过来人的苍凉声音大声疾呼，要爱，要示爱，要落实爱。以法国女歌手伊迪斯·皮亚芙生平故事为主线的电影《玫瑰人生》里，记者向坐在海滩上的皮亚芙发问：

"您对少女们有什么建议吗？""爱。"

"您对青年们有什么建议吗？""爱。"

"您对孩子们有什么建议吗？""爱。"

爱是被夸大的信仰，还是词穷之时的自动回复？

很久之后，消化掉了这种"爱文化"里甜腻的成分之后，人才会渐渐明白，所谓爱，或许不只是爱情，也不是所谓的博爱，而是一种态度：积极生活。去爱，去行动，去寄托，去反省，去剔除焦虑，去解决不安，去获得自由，去认识命运，去抵抗死亡，去积极生活。

东林的《越相爱越孤独》就是在这种背景下，对爱、对情、对欲进行论说。他剖析的不只是爱情，而是爱情之中的人性，或者由爱情这个梯子接通的人性。他探讨的也不只是爱的策略、情之计谋、人际关系中的心计，而是由爱情的历史推演出来的人性的历史、人性的策略。之所以津津乐道孜孜以求，上穷碧落下黄泉，还是因为，这一种积极探求、思虑万千，就是人性中积极面的呈现。

所以他天女散花，将一张情爱地图，从唐宋元明清梳理到民国和当下，从德斯蒙德·莫里斯谈到弗洛伊德，从李敖延及溪头老妇，也从拿破仑、约瑟芬伸展到萨特和波伏娃，更从舒淇、李嘉欣望向林志炫，乃至恒大足球主教练马塞洛·里皮。时不时，他也会从远处的星光那里，将目光收回，投向身边朋友的种种抉择、种种事迹。

在种种极端的人情人性案例里游走，他求的却是不偏不倚、莫失莫忘、端正悠游。在爱情神话和鄙俗现实中，他求的是一种清敞淡定的认识；在浓烈如飞蛾扑火般的爱情，和寡淡到几乎能听见钟表嘀嗒声的生活里，他求的是寻一条中间道路；在严苛的法律约束和松散的私人契约之间，他求的是经营一种有信有任；在纯与骚之间，他求的是觅一个妥帖的表达。

所以他频频提到"烟火气""日常生活"，因为，只有扎根于日常生活，才能在枪林弹雨中，辟出一条中间道路，才能在钢丝绳表演场外，找到一种不惊不澜，才能在汤沸气扬的时刻，撇去情感中的浮沫。他凝神的生活，是"有根，有家，富不足，贵有余"，他渴望的爱情，是要在根繁叶茂中，达成"一种生命利益关系"。这种境界，或者成于天然，或者需要丰足的人性觉悟，但究其根本，还是要用日常生活来磨炼、夯实。

所以，他所欲所求的，与其说是饮食男女的技术，其实还是人性与人生的技术，因为，一切都要回到这个层面来勘看和修炼。

我尤其喜欢的，是他在字里行间，对那一种质朴时代、质朴人性的追怀。他说明朝的女人"好像把女人的'女'字忘记了，而把'人'字活出了极致，她们虽然也有女人的妖媚柔情，但是人性里没有妖气，生活里不见俗气，像有一股风吹开了心头，那种慷慨、明亮和贞烈盖过了妖媚与心计"。他也试图追溯原因，"几千年来，中国社会是一个超稳定的农业社会，集体人格也是一种农业人格，好仁爱义，尤其重气节风骨"，而明以后，商业人格渐渐占了上风，这一种仁厚亮烈就慢慢退场了。

是否如此，还有待商榷，但他的人性观、情爱观，却由此亮明。他要的是一颗素心，一种未经矫饰、雕琢的人性，一种没被扭曲、污染、教化的绿色情爱观，在情爱生活中，"回到自己的素面素心，如重归天地，重做赤子赤女"。

在现代生活的繁杂中，在如此错综复杂的干扰信息中，这尤其难。但我想起那个美食段子：厨师为了给慈禧做出一锅萝卜汤，动用了几十种料，但汤照旧清澈见底。经历种种繁杂之后，仍旧清澈见底，是至高的艺术，吸收了种种养料的素心，才经得起旷日持久的端详、深究，以及损耗。

自序 树犹如此

流年不利，人心惶惶，情场如战场。战场上虽有胜负，情场里却不分输赢。从年初到现在，我身边有好几对曾经爱比海深、情比金坚的恋人，开了花却没结成果，都劳燕分飞了。

一对是男的出轨，一对是男的太穷，另一对是男的在外地。出轨的是出了好几次，也被捉了好几次，哭过，闹过，最后都忍了。这一次是女方出差，男的在家偷，被逮了现场，于是女方痛下决心，不管他是跪地求饶，还是写下万言保证书，也非要快刀斩情丝。太穷的是一直穷，当初在一起，两人都不觉得是个问题。男的说，一定要好好挣钱给她幸福；女的说，肯定会跟他同患难共艰苦。谈了五年，男的还是一个工薪族。买房，首付不够；买车，消耗不起；眼看着别人结婚的结婚、生崽的生崽，女方是等不起、也不愿意等了。异地恋的，原来两个人都在上海，都出身于小城之家，非富非贵，女方因为工作来了北京，男方坚守上海。两年异地，一场爱情两人拔河，角力到最后，用尽了气力，谁都没能把谁拽过去，所以只好分。

这年头的爱情如山崩、似海裂，出轨常见，因为贫富、距离等而分手也很常见。考验爱情的，不但有物质，有空间，有时间，还有人性。是缘分让我们相遇，而生存把我们分开；是寂寞让我们相拥，而厌倦把我们分开；是自由让我们相爱，而放纵把我们分开。所以有人说，爱情是一个江湖，打打杀杀之后，最后要归隐江湖，找个人慢慢变老，生老病死，牵着手，不离不弃，生死相依。这让我想起一个故事。

这是一个古老的故事。有一天，柏拉图去问苏格拉底什么是爱情。苏格拉底说：我请你穿越这片麦田，去摘一株最大最金黄的麦穗，但我有个规则，就是你不能走回头路，而且只能摘一次。许久之后，柏拉图空着双手回来了。苏格拉底问他怎么回事，柏拉图说：在田间，我曾看到过几株特别大特别灿烂的麦穗，可是我总想着前面会有更大更好的，于是就没有摘；但我继续走，看到的麦穗还不如先前的好，所以最后没有摘到。苏格拉底说：这就是爱情！又有一天，柏拉图去请教苏格拉底什么是婚姻。苏格拉底说：我请你穿越这片树林，去砍一棵最粗最结实的树回来放在屋子里做圣诞树，规则还是不能走回头路，且你只能砍一次。许久之后，他带了一棵并不算最高大粗壮的树回来。苏格拉底问他怎么砍了这样一棵树，柏拉图说：当我穿越树林时，看到过几棵非常好的树，这次我吸取了摘麦穗的教训，看到这棵树还不错就选它了，我怕我不选它又会错过了砍树的机会。苏格拉底说：这就是婚姻！

　　爱情贪吃，婚姻求果。爱情是流浪，婚姻是归程。无论男人还是女人，都在这样的流浪中奔波跋涉。爱情是苍蝇乱飞、暗箭四射，婚姻是剜到篮子里的菜，无论西瓜还是芝麻，总要捡一个。虽然在心底，念念不忘的是另一个，碗里的和锅里的，鱼和熊掌，不可兼得。王海桑有一首长诗，叫《你是我流浪过的一个地方》。一个人对一个人的相遇，可以那么古老而纯粹，那么久远而常新：

在同一个一百年里，你来了我来了

——不早，也不迟

在同一朵云彩下，你看见我我看见你

——不远，也不近

你就在那儿，有树有水

所以，我爱你。

　　他的爱情就像仓央嘉措的爱情，不知道是对是错，也不管是对是错，他只想和她在一起，一起等太阳出来，没有水，她是他的水，没有粮食，他是她的粮食，他们自始至终相信同一个神，热爱同一种命运。"我愿意这就是我的一生，有阳光、粮食、女人和水"，这个高更，也就是跑到塔希提岛的那个高更，要出走，要流浪，去找一块干净原始的地方，找一个干净原始的女人，阳光铺地如金，白云滔天如浪。高更原是个穷人，后来做股票经纪人十二年，年薪四万法郎，二十五岁时有房有车，娶了丹麦美女梅特·索菲·加德。结婚十年，高更当上五个孩子的父亲，三十五岁时只身跑到南太平洋上的塔希提岛。在岛上他回归一种原始生活，光脚走路、吃野果、住茅屋，跟少女特哈玛娜同居，此间乐，不思蜀，名画一张张从那里渡海而出。

一个天上，一个地下。你的爱情，就像一个仰天而上的天梯。世间女子，都身在苏格拉底的爱情和婚姻中，泥泞前行，匍匐跪地，同时也都向往着王海桑、仓央嘉措和高更的爱情，一步一难，如拜神明。在寻找最好的爱情、最好的男人路上，她们像在进行一场转山和朝圣，得到的如遇救赎，得不到的有的还在转，有的则退出。这转的其实是人性的山，这朝的也是人性的圣。于女人，男人就像一棵树，是塔希提岛上的一棵树。那树，会生根发芽，会抽枝散叶，会生虫会发枯，会枝枝蔓蔓，会乱云飞渡。人如树，树如人，人有人性，树有树性，所有人性的不堪树也都有，所有树性的破败人也都有。所以，他们出轨，他们厌倦，他们放纵。不过，在岁岁枯荣之后，它依然还会在那里等你，像个回头浪子。你要超前一步发现那个秘密，并守口如瓶。流浪的你，在江湖里披荆斩棘、披星戴月，就是为了遇到那棵树，那棵被虫咬过、被风刮过的树。

要记住，那便是苏格拉底最大最金黄的麦穗、最高大粗壮的树。

那不是苏格拉底最大最金黄的麦穗、最高大粗壮的树。那是你的树，不，那是你自己。

爱是寂寞撒的谎

你知道人什么时候最孤单吗？有人说是半夜醒来、孤枕难眠时，有人说是古道西风、匹马天涯时。我却觉得，孤单莫过久睡初醒的傍晚时分。无数次，我从那样的时分醒来，窗外已是夕阳西下、暮色四合，大片大片的雾霭沉降下来，你在二十多层的高楼上，听到有歌声从远方而至，闻到邻居家晚饭的喷香味道，看到这座城市的万家灯火、车水马龙，但是你自己却像被世界抛弃了，被你的朋友和亲人抛弃了。就像张栋梁唱的，你最害怕孤单的滋味，你的心那么脆，一碰就会碎，经不起一点风吹，你身边总是要人陪，你最害怕每天的天黑。

因为孤单，你会放大别人成双成对的温暖，会害怕夜色划过肌肤时，黑沉沉地滋生出来的一片片情欲，于是一个人静静地坐在床头翻电话簿，一个名字一个名字看过去，最后却发现给谁打都不合适。那时候你会想，要是谈一场恋爱，能有一个人守在身边，即使静坐着什么事都不做、什么话都不说，也比孤单难耐要强许多。于是很多人的恋爱，都是从那一个醒来后无边孤单的傍晚开始的。你迫不及待地想找个人，即使她没那么漂亮，没那么有才学，皮肤或许也不好，脾气还暴躁，然而她就是在那样的时刻被你遇见了，一时间你觉得她是貂蝉你是吕布，她是嫦娥你是玉兔，有她宁舍天下，无她有天下奈何？一时间，你以为她是你一直在苦觅的另一半。于是你们顺理成章地在一起，上班下班，做饭吃饭，你周末孤单无助的傍晚终于有人陪了，牵着一个人的手看电影，背影也没那么凄冷了。然而，这样的日子过没多久，你会开始怀疑起来，日子就要这样过下去？不甘。她真的有那么好吗？未必。跟自己真有那么合适吗？也未必。想到这里，你会被眼前自己所做的这一切惊醒。

男人也是这样，在遇到另一半之前也会对另一半有种种设想。她要干净有味，要秀发如瀑，要回眸一笑百媚生，要眉目含情裙带风，但是再看看身边的她，虽然也温柔贤良、读书观影，但是你总还有一股心不甘情不愿，你想从这种关系中逃离，即使是回到原来孤单的状态中，似乎也能忍受。就像郭富城说的："一双鞋不合脚时，成天穿都会不舒服，你就会想换一双舒服的鞋。我们每日都要走路，就好似身边的伴侣，应该找对合适的才穿上去，硬撑着只会流血，伤口又不会愈合，找另一个可能更好。感情世界也是一样。"你当初只是想穿鞋，却不问合不合脚，等到硬撑着走完一段，磨了几个大血泡，你才想起还是要换双鞋。

要知道，时间可以了解爱情，可以证明爱情，可以成全爱情，但到最后也可以推翻爱情。在你和他之间，虽然没有刀光剑影，没有硝烟城池，却仍然一片兵荒马乱，你和他再努力，你还是你，他还是他，永远不成为你们！你去恋爱，本是为排解孤单，然而却会陷入一种更大的孤单，肉贴着肉，心却不能贴着心，再撞击回声也空洞，如安妮宝贝所说："有时候两个无法了解的人在一起，会比他们一个人的时候更加孤独。"于是在没有吵架、没有出轨、没有劈腿的情况下，你们分手了。她伤心欲绝，不知道什么地方做得不对；你百口莫辩，不知道以什么理由开口。最后她去闺蜜的肩头伏泣，你又回到自己孤单的傍晚时分。这种从孤单到恋爱，又从恋爱到孤单的爱情路线，我走过，我相信很多人也都走过，无论男女，无论大小，应该都经历过同样的历程。时过境迁，当你跳出来看那段恋爱往事，你会发现，孤单是那么永恒地在你的身边，用恋爱解决不了，也不应该用恋爱为孤单找出口。

对女孩子来说，孤单是更大的敌人，她们对所有情绪都有一种天然性的放大，对孤单更会放大。在陌生的、繁华的、他乡的城市，生活单调，工作枯燥，情和欲的双重追赶，让她们比男人更想找一个熟悉的角落、知心的人，彼此安慰，相拥叹息，以为爱的片刻就是永恒。因为孤单而恋爱，是一种冒险行为。两个人，或者两颗心，因为孤单可以相遇，却未必会因为孤单而相知。这样的恋爱早晚会无疾而终，因为花开得没有因，果怎么会结得明？孤单做媒，你遇到的其实都不是你想要的和应该要的，而之所以还会在一起，是因为你觉得世界太大你太小，你想找个人一起面对，所以会以为剜到篮里都是菜、骑白马的都是王子，把排解孤单和谈恋爱绑在一起，岂不知，为了一时之需把一生之爱搭上，根本犯不着。要知道，爱常常是寂寞撒的谎，越是孤单的时候，越不要想着去恋爱。孤单的时候要去找朋友，饱满的时候再去找恋人，因为只有心无挂碍的时候，你的判断才不会有所障碍，他才最接近你选择 Mr.Right 时的那柄漏勺上的孔。

红颜还是祸水

人人都在说，很多女孩子越来越现实，拜金拜物，欲望无度。其实这也起因有源，无可厚非。喜华衣美食，爱车马豪宅，本也理所当然，人性深处哪个不好逸恶劳、嫌贫爱富？只是不要一不小心变成了贪、嗔、痴。民间有句老话说得很好，所谓"男要穷养，女要富养"。女要富养，亦即要她从小即直面富贵，直面物质，高薪养廉，富家养性，唯其如此，等她长大了，才能以暴制暴，遇佛杀佛，才不会红尘迷失，不迷失于物，也不迷失于人。日久哪有不生情？楼近怎能不摘花？千万不要考验这贫瘠土壤里的脆弱人性。

大体来说，如果拿台湾和香港的女性做个比对，那么台湾的女人虽然嗲，但一定是最有味道、最贤良淑德的，香港的女人尖利，次之。不过也不尽然，粤语文化唯是世俗，唯是热闹，就像唐朝，粤语就是唐音。所以岭南出身的女子，会不遮不掩，会真实如初，在市井里跳脱自如。因此，你说香港的女子功利物质，是的，确实是有一点，但也正因为如此所以活得深刻。格物而后才能致知，她们是格过物的。而台湾的女子，即使大明星，也玲珑温婉，清丽无俦，她们的教养都很好，从小有父母耳提面命，日读诗书礼仪，一言一行都有规有矩，家教和师教都深稳无限。人家说小 S 无知耍宝、人贱语辣，我却觉得她倒还蛮有底子。

香港与台湾不一样，台湾是海岛上的传统中国社会，外兼一点闽南风情和日据时代的痕迹，海风吹得岛人醉；香港则是岭南文化、粤语文化，南方传统夹杂着现代西洋，制度开明，作风英化。此外，台湾的女子是嗲，香港的女子则是媚。大体来说，台湾就像二十世纪三四十年代的北京，而香港则像二十世纪三四十年代的上海。台湾更多的是人情冷暖、世故关怀，香港更多的是攀比附会、虚荣骄奢。我的朋友黄佟佟写过一本

《最好的女子》，她走笔香港、台湾，写了六十个明星女子，咀嚼她们的人生况味。明星们的人生，先是唐诗，而后是宋词，黄佟佟写的就是那股子兴尽悲来之后的清明人生。而所谓明星，本来就是一个虚拟人格、表面职业，人前人后、台上台下浑然判若两人。她们是这个世界的明星，也是这个世界的凡人。在明星人生光灿的一面背后，黏附着更多的则是寻常人等的离合悲欢。

女人不易，单身女人更不易。黄佟佟，不愧是有生活历练的女人，恋过爱，生过仔，离过婚，谋过食，谋过名，三十多岁了才发觉人生恍然一梦，唯有这样的起伏遭际，文字对人生和情感才有解释力。明星女子，有钱，有貌，有才，有名，正如王菲唱的："一切都好，只欠烦恼。"这个时候，爱情或许就是她人生中唯一值得追寻的东西了。但是天意往往弄人，命运总是无常。想依附在男人羽翼之下的，到头来会发现，连依附也是这么难能可贵；而无心插柳的，只是吃那么一餐饭，搞不好却是和那人在灯火阑珊处的惊鸿一瞥。而女人家，情路里走一遭，是不是就像张曼玉所说的，"婚姻根本是一场赌博，输了就什么都没有"？

"如果没有你，日子怎么过？"三十几年前，邓丽君还在这么唱。而聪明的女人，有男人爱男人，没有男人爱自己。事实上，即使没有你，日子一样过，天不会塌，地不会陷，地球没有离了谁是转不了的。时不与我，奈何奈何？连项羽都要认命，何况平凡如己。大美女如林青霞者，你追，他追，情史斑斑，到最后还不是难逃一俗？年轻时偏爱良人，怎么样都要傻一次、闯一次、头脑发热一次，哪怕只是为了要要小性子，而等到过了那段青葱岁月，也不免会老大嫁作商人妇，从了，认了。所以女人啊，三十岁之前，更多是向形而上的欲望低头；而三十岁之后，则开始转向对形而下的欲望低头。纵然林青霞这么优秀的女子，纵然这样完美无缺，无论有情有义还是没心没肺，也不一样要在人生的爱恨嗔痴里寻个出路？

青春有限，走红有年，初恋初吻，前妻前夫，所遇非人，遇人不淑，升官的升官，发财的发财，结婚的结婚，生仔的生仔，离别的离别。命运带来顺利，也带来坎坷，让她做过貌美天仙，也让她做过平凡妇人，时光在谁身上没有残忍践踏过？人生到底百炼成钢。我觉得，李嘉欣还算是真诚的，她的干净一如她的话："我觉得我无事不可对人言。"只是娱乐圈的人和事，人们不重结局重故事，想象过度，需要狐狸精，需要红脸，需要白脸，也需要黑脸，如此而已。所以她是不是做小三，不是她做不做，是我们要不要她做，情节需要！而她与许晋亨也真是一场龙虎会，情场老将遇上欢场老姜，惺惺相惜，亦惺惺相"吸"，各自降服，也各自臣服，原因无他，只是这样的男人和这样的女人终于碰到个登对的，所以会在一起，会好。

有人说，当一个男人真正爱你时，就愿意用婚姻来证明。其实倒也未必，情场中的男人，智商也不一定就不为零。纵然他拿演戏当真情，到头来，七年之痒一样会痒一痒，劳碌之燕到头来还是会翩然分飞。爱情和人性长跑，就像龟兔赛跑，看似兔子能赢，其实乌龟一缩龟壳，一个滑板下去就到终点了，爱情永远不比人性聪明。人生如滔滔江水，泥沙俱下，奔流而去。失去了就是失去了，不在了就是不在了，《三国》里的第一阕词就开宗明义："是非成败转头空，青山依旧在，几度夕阳红。"只是曾经沧海，过尽千帆，四十岁了，方才明白那艘从不入眼的粗朴小舟，才是载我们普度汪洋的。所以，世间女子最难得的并不是聪明，不是精明，也不是神明，而是有自知之明，知道何时退一步海阔天空，何时进一步心想事成！

养恩与养仇

文艺、性感的舒淇，虽然贵为你我他的女神，但偏偏一生情路坎坷。熟悉一点娱乐圈的人大概都知道，她先是和黎明有一段地下情，接着又和冯德伦三离三合，再后来是旧情复燃，两人一度高调晒恩爱，每隔几天都会在网上耍花腔式地调调情，还同游东京和泰国，满屏狗粮。她爱得犹如一个十七岁的倾囊而出的小姑娘，什么都给，也什么都愿意给。

很多人都巴巴地瞪着眼睛想，这一次，这一次她总该会修成正果了吧！怎料你想看到的偏偏看不到，没过多久舒淇就在Facebook上感慨："承诺就像放屁，当时惊天动地，过后苍白无力。"甚至说出了这样的话："男人最痛心的是：为女人掏心掏肺，却不能掏老二。女人最痛心的是：为男人掏心掏肺，而他只会掏老二。"自觉爱得低三下四的她，终于忍无可忍，以一招抽刀斩爱的路数分手："现在的我，你爱理不理，记住了，以后的我，你高攀不起！"

舒淇的这种爱法，让我想起一个朋友。在某种程度上，她虽然在情场跟舒淇犯了一样的错，但却比舒淇错得更一塌糊涂。前几年她交了一个男朋友，她对他可真好，见过没见过的人都说好，车是她买的，房是她买的，去看电影的票是她买的，这些还不算什么，最重要的是，她所做的这一切，他都觉得理所应当。如果事情就此下去，也还没什么，问题在于他虽觉得坐享其成应当，但更觉得自己不像个男人了，成了个附属品。他在既想当大男人又没能力当大男人、既想不劳而获又不能心安理得的矛盾和纠结中终于提出分手了，虽然这令她无论如何都没想到——也令她身边以她为榜样的闺蜜们更没有想到。

我们爱一个人的时候，总会使出全部的力气去爱，把最好的热情、心意和物质全用到对方身上，像宠物对主人显示忠诚一样，把身上最软弱和最脆弱的部分暴露给他。用张爱玲的话说，就是把自己变得低低的，低到泥土尘埃里去，在尘埃里开出花来。但这会让对方有一种满足，有一种骄奢，以为就此吃定你了，所以你的话他不用那么在意，你的事他也不用那么放在心上，因为他知道无论怎样你都是他的，所以他可以吃喝嫖赌，可以汪洋恣肆，可劲儿地折腾，胡天胡地地造，吃着碗里的瞧着锅里的，因为家里头红旗不倒。得不到的永远在骚动，被偏爱的都有恃无恐，俘虏了所以肆无忌惮。我这么说，并非只指女人一味对男人好，好到树倒猢狲散自己还不知道，男人对女人这般好，到头来被卸磨杀驴的，也不是不存在。

在爱情的世界里，并非都是你敬我一尺我还你一丈，很多时候是反过来的，你敬我一丈我还你一尺。你若不及时反省，就此对他永远敬下去，到头来甚至是你喂我一口我咬你一口，浓情蜜意里养出来的并非都是罗密欧和朱丽叶、梁山伯和祝英台，而很可能是农夫和蛇、东郭先生和狼。以爱为粮，精肴细馔，一日三餐做好了喂将下去，只怕等人家羽翼硬了拍拍翅膀飞了，自己还被拉一头屎尿。就像有人讲的，小时候把一次吃上二十个包子当作人生理想时我很幸福，当月收入超过五千时我仍然

19

感觉不到快乐。当事业、爱情、家庭、金钱什么都不缺时，我们还缺一样东西——饥饿感。委以对方太多的爱，就会让他一次吃撑，对你不再有爱的饥饿。按弗洛伊德的话说，就是你用"超我"去对待他，而他会用"本我"回报你。"超我"是有道德力量和情感力量的，是一种理想主义和虚拟人格，要父母在他成长过程中不断影响才能内化到心底，而"本我"则是一种本能的力比多冲动，以自我快乐为原则，不讲道德和情感。所以，你怎么能指望用几天几个月的柔情，去完成他父母十几二十年都未必能完成得了的内化呢？若不懂这个道理，就只能用你的"超我"去释放他的"本我"，拿肉包子打狗，却被狗吃饱了咬一口。

乡下溪边浣衣的老妇人，常说一句话：斗米养恩，担米养仇。你看她们对老头子的态度，可以给他做饭，可以给他洗衣，可以给他生儿育女，但是她并不是隶属于他的——虽然在家庭意义上认他是户主，然而她是有自己的自觉和独立的，会反抗，会不从，有着自己的妇德、矜持和操守，我就见过很多会跟男人拼命的乡间妇人。那时候她们还有娘家的概念，生气了、吵架了可以回娘家，心底有一个大后方作为支撑，所以即使出嫁到了夫家，总还一份骨气在。不像现在的女孩子似乎都没有了娘家，两个人组织了一个小家庭，就觉得像个金窝银窝，燕子衔枝一样，什么都要给她的男人拿一份回来。所以，乡间小妇人在老头子那里说话还有三分分量，而今天爱到没有自己的女子们，最后大多飞蛾扑火——爱得越浓烈，死得越残忍。

《一代宗师》里，叶问的夫人张永成，虽然是前清洋务大臣张荫桓的后人，却极懂得经营夫妻关系。一般她说话不多，因为她知道一说出口就有可能会伤人，所以夫妻之间需要无声胜有声。她喜欢听曲儿，要有应酬，叶问会带着她去金楼，晚上叶问出去，她会亮着门口那盏灯，一直等到他回来才会关上。就是这样的简明却有分寸，不会沉溺，也不会委顿。从这个意义来说，李敖是对的，不爱那么多，只爱一点点。女人学会这一招的寥寥无几，聪明的女人，不爱男人那么多，也不让对方爱自己那么多，因为她知道欲不能纵，爱也不能纵，纵欲会透支他的身体，纵爱会透支他的爱意，最后爱也爱不起来了，只会是爱无力。

有个故事是这么说的：夏天，天气很热，一队人马去漂流。有个女孩在玩水时，拖鞋掉了，沉底了。到岸边的时候，全是晒得很烫的鹅卵石，他们要走很长的一段路。于是，女孩儿就向别人寻求帮忙，可是谁都只有一双拖鞋。女孩心里很不爽，因为她习惯了向别人求助，认为只要撒娇就会得到满意的答复。可是这次，却没有。她忽然觉得这些人都不好，都见死不救。后来有个男孩将自己的拖鞋给了她，然后自己赤脚在那晒得滚烫的鹅卵石上走了很久的路，还自嘲说是铁板烧。女孩表示感谢，男孩说："你要记住，没有谁必须帮你，帮你是出于交情，不帮你才是应该。"

从陌生到陌路

　　三毛时代的爱情，是用一秒钟转身，然后用一辈子去忘记。但是那个你来过一下子、我想念一辈子的时代早已经 long long ago 了，今天的姑娘大多数爱得决绝、恨得也决绝。她们无论多大都不再是纯情少女，她们和你的关系是最初不相识，最终也不相认，从陌生到陌路。

　　这是对的。基本上来说，两个人分手之后没有别的关系，也不可能再有别的关系。朋友？朋友都是骗人的，不要有奢望。所以女人，分手就是分手，要像浪子闯天涯，一步也不要回头。不要多想别的，他做不了你的挚友，更做不了你的闺蜜，你的剧情已落幕，你的爱恨已入土，再缱绻前朝，只能落得一身骚，如果再被现任知道了，弄不好鸡飞蛋打一场空，男人最受不了不专情的女人。

　　但也有慈母心态的，谈个男人像认了个儿子，就像我朋友。我只能说，此女异于同类、超出时代。她自己非常能干，是个理财圣手，自己开过一个建材店，在二线城市年入百万，也算是人上人了，男朋友能力一般、收入微薄，她就自己买房买车，金屋藏婿。两年之后，男人觉得在她面前毫无尊严、一无是处，提出分手。你们打死都猜不出，这姑娘是怎么分手的，她把车、房都给了男朋友不说，还把跟男人在一起时挣的钱也给了他。事后我问她是怎么想的，脑子进水了？她说这些她都可以挣到，男朋友比她更需要这些，作为一个男人，有了车有了房找女朋友也会比较容易。我的解释是，也许她觉得自己是哪吒，要从那段关系中完完全全地走出来，便拆肉还母、拆骨还父，为的是能坐在白莲花瓣里得真身。

　　不过我也相信，在今天的女人堆里，一万个里面恐怕也找不出一个像她这样的。

　　这是一个物质社会，人人都爱钱，男人爱，女人更爱。女人爱钱，并不是说女人现实了，我觉得应该是像张爱玲说的那样："我喜欢钱，因为我没吃过钱的苦，不知道钱的坏处，只知道钱的好处。"既然男人不可轻信、爱情不能当真，钱比男人更忠诚更实用，也比爱情更长情更永恒。对于绝大多数姑娘，我倒不担心她们在钱财上犯迷糊，而是担心她们经不住前任的三寸不烂之舌，更经不住对昔日甜蜜的怀念，于是重回旧巢重欢爱，把一瞬间当永远，几经纠缠，几进几出，以为最掏心就可以最开心，却偏偏谁最掏心谁就最窝心，最后不得不泪洒爱的疆场，牵着白马、挑着扁担、怀揣累累伤痕重新上路，你说你何必呢？

这种事，不是你是大明星就能拎得清，舒淇算阅男无数了吧，但还是和冯德伦三离三合，虽然一再高调晒爱，泰国拜佛，东京看海，最后还是不得不以 Facebook 上的粗口结束。不过这也怪舒淇，这边吃着冯德伦的回头草，那边黎明刚刚离婚，全人类都盼着他们俩复合时，舒淇又回答得那么暧昧，难怪冯德伦非常不爽，隔三岔五地不回她电话。可见舒淇在眷念前任的问题上已经不是一天两天、一次两次了，终究还是风浪起于此。

所以分手之后的姑娘们，等到下一次，你们的前男友、前前男友们再半夜打电话来问你最近好不好，即使你再空窗、再空床、再寂寞、再怀念，也一定要高高兴兴地大声回答：好，好得很！

　　然而也不要就此绝望，有些分手还是值得等待的。《荷马史诗》里有个例子，奥德修斯和佩内洛普刚结婚，奥德修斯就转身奔赴战场，佩内洛普不知道他能不能再回来，什么时候能回来，经过二十多年的分离和等待后，他们终于团聚了。这个故事说明真爱值得等待，它概率虽小，却一定在这个世界上存在。爱情值得等待，但你要先做好等不到的准备。因为那意味着最浓烈的爱不能献给他，而是献给岁月和潮汐。不过对今天的男人，你不必再抱有这样的幻想，你大可以用一秒钟分手，用半秒钟去忘记，莫愁前路无男人！所以，你应该等着和最爱的人相濡以沫，把爱过的人忘于江湖。

爱是爱的消失

　　一个朋友说，她们女孩子就是天生异想天开，心中早已有一位白马王子的形象，都曾在内心勾勒出了一个轮廓，一份感情的质理。他要干净，要漂亮，要温柔，要侠肠。他要对她千般好万般爱，他舍下千军万马只做她一人的盔甲，他颠覆整个世界的伦常，只为换她一笑。日风磨砺，秋寒盖瓦，他都会为她掖好被角，倒一杯暖茶。她说的梦想是真的梦想，但她面对的现实也是真的现实，可是那样的男人只存在于童话中，生活终究是柴米油盐。

　　现实生活中的男人，都是什么样的呢？我觉得，世界上所有的男人其实都是陈奕迅。因为有一次在演唱会上，他说："我只爱一个人！"全场大叫："徐濠萦！徐濠萦！徐濠萦！"陈奕迅假装没听到地，说："是我自己！"陈奕迅的优点是他的坦白，他明白一个男人的人性，也明白一个男人的劣根性——男人确实是只爱自己，不说或者说不出口，都是因为你虚伪胆怯。

我曾经看过一篇小说，是前前女友推荐我的，她跟我说的时候，我嘿嘿一笑："收藏了，分手后再看。"没想到一语成谶，后来在分手后的一个夜里，我静静看完这篇网络小说，我不得不说的是，虽然很黄很暴力，但是写得很悲伤、很真诚。作家的书，太技术，太有意为之，为惊天下而曲笔。这正因为不是一个作家写的书，所以才真实、生活，我们才能参照，才有坐标。分手后的男人，又能怎样呢，是不是都像小说中的那个男主角一样，想着终于没人管天管地了，解放了，自由了，潇洒了，可以晚上想玩到几点就几点，终于可以肆无忌惮地四处留情，终于可以专注地工作，不用整点电话报到了？还是可以在办公室逗留到十一点，一边在网上和众多 MM 逗乐子耍贫嘴，一边把 AV 电影存硬盘上了？抑或可以和她禁止交往的哥们去泡吧蹦迪了？也许这些你都会做，而且也许你都能做到，但是那又怎么样呢？当你午夜梦回的时候，当你翻检旧物的时候，那些再妖娆的身段和幻想，也永远不敌她的一张旧照、一双拖鞋，它们立刻就能把你击得溃不成军。

我始终相信，再贱的男人，在情到伤心处的时候，也会像马头琴声一样呜咽！就像张信哲说的："好像很多男人在面对感情时都会有坚强的表情，好像分手就像挥一挥手那般的容易。后来我才知道，那挥一挥手的刹那，耗尽了我所有的力气，也伤了好久的心。"像所有恋人一样，我跟前女友的邂逅一样甜蜜，甚至比很多人更甜蜜，她会天天念叨养过的大金毛列日，做错事了会把头点到我怀里，我们结伴成行，对影成眠，在暴雨如注中真心厮守过繁华沪上的朴素一隅，在春暖花开时流连过白素贞和许仙情结永心的断桥。然而，我也终于犯了错误，败给了人性。男人想逃，女人想捉，警察与贼的故事演到两人都厌，终于泥菩萨没能过成河，纸包里的火烧了纸。

我不敢说，分手后我的一些情绪、一些伤感、一些怀念就一定是真爱，而不是形单影只时冒出来肆无忌惮地啮噬心骨的小虫子，或者见到街头情侣甜蜜拥吻回到家之后顾影自怜的惆怅，但是凡人、俗人、世人、男人如我者，愁肠如此，思念如此，动情如此，恐怕也就是真爱了吧！你说，在这样缺乏切肤之痛和切肤之爱的流年岁月里，对平凡如蚁、芸芸众生的黑压压一片世间凡人来说，还有什么能比这更刻骨铭心的？还有什么比这能更像爱情的？

有一天，在一个雷电交加、大雨滂沱的夜晚，一个朋友跟我畅谈分手，是个女的。她跟我说，分手后第一年没什么感觉，第二年才是最难过的，因为第一年是排空，是遗忘，是寻找，第二年才是排山倒海地重来。这感觉我也有，但我的时间单位不是一年，而是一个月，第一个月为重归自由、如鱼得水而兴奋，第二个月则开始辗转反侧夜夜梦回。有人说，分手后才开始怀念的多半是男人，因为一半是出于当年真心，一半是出于当时真欲，两样中有一样是真的就行。我哑然失笑，也许我两者都没有，也许只是当初寂寞空撩人，事后还想再撩。而对女人来说，分手后几乎没有谁会怀念那个他，即使在一起时再幸福，女人分手一次是死一次，生命只有一次，死过就不会复生了，所以不会缱绻前朝。女人如好马，不吃回头草，她们知道那草的味道再吃还是老味道，再恋千百回还是旧时伤心事，索性不如另觅草丛。

女人的逻辑是，一旦有闺蜜，姐妹排第一，男人九十七。而男人呢？游戏排第一，女人排到九十七？还是妹子排第一，女朋友排到九十七？也许都不该是，男人的人生账簿也不是集邮册，记录爱与被爱，两数相加就是成就；男人的得意与成就更不是处处留情，人生有尽而人无尽，生命中不断有人离开或进入，于是看见的看不见了，记住的遗忘了。生命中不断有得到和失落，于是不该看见的看见了，应该遗忘的却记住了。然而，看不见的，是不是就等于不存在？记住的，是不是永远不会消失？走散的，是不是此生不会再见？

不是，不是，你看《春娇与志明》，耍过暧昧后的张志明，为什么还是要找回余春娇？因为他知道，他最爱吃的永远是便利店的车仔面，虽然有些咸；他最适应的也还是余春娇的脸，虽然有些怨。也许就像别人说的，世界上最远的距离，不是生与死的距离，而是我站在你面前，你却不知道我爱你。然而我想说，世界上最凄绝的距离，却是我们本来距离很远，互不相识，忽然有一天我们相识相爱了，距离变得很近很近，然后慢慢步入歧途，有一天又不再相爱了，本来很近很近的我们，变得很远很远，甚至比以前更远……爱是爱消失的过程。分手之后，杜拉斯这句话让你如梦方醒。当你翻开书，看到某一页夹的她的照片时，你会想，什么时候才能重新拥有那一片森林，迷失的人迷失了，而相逢的人还能再相逢吗？

你走正，他走偏

你知道吗，七宝钢刀容易折，而紫薇软剑却很难断，为什么？是这样，从工艺上来说，钢刀是百炼之后淬火的，由极热到极冷只有一瞬间；而软剑则是因为剑脊铜多锡少，剑刃则铜少锡多，且分两次浇铸不淬火，从极热到极冷是自然冷却，不会从大起一下子跌入大落。

俗话说，刀走正，剑走偏。男人和女人也是这样对待情变的。在爱情中，姑娘倔起来比汉子还要倔上一万倍。因为从物种上来说，雌性的力量绵长细密如软剑，而雄性的力量却刚烈分明似钢刀。故此，分手的时候，男人可以手起刀落、快刀乱麻，而女人则缱绻不舍、步步回头，都是本性难移。事实上，在面对恋情告急、婚姻急转的时候，女人不要躲在自造的爱对方的假象里，也不要主动背负爱情的蜗牛壳，更不要觉得别人抢了自己的玩具就一定要拿回来，这些都是一叶障目、坐井观天，被想象和移情害了。

仔细想想，你爱的也许不是他，而是爱跟他在一起时的自己；你想拿回来的也不是玩具，而是想拿回来"拿回来了"的那种满足，而实际上那玩具早已久置柜橱、满布灰尘，你许久都没碰一碰。罗素善离婚，海明威也是，他们也未尝不受打击，但却丝毫没有呼天抢地、死去活来的小男人的行径，因为他们知道使感情不褪色的方法不是金屋藏娇、铜雀锁乔，而是经常染上新颜色，你也许说男人就是心思不坚，女一走男就凉，但我觉得那是他们看透了，会对爱情超然，会淡看这种男女变故，因为他们知道女人也需要新鲜度日。这样的男人是爱情的余味主义者，他们的恋爱不以结婚离婚为成败，也不以占有做标靶，因为遇到和恋爱本身足以使他们功德圆满、刻骨铭心。他们并不反对结婚，但反对"春蚕到死丝方尽""身留一剑答君恩"，他们不肯在婚姻关系的卵翼下做对方感情的因变数，也不做偶像崇拜的寄生虫。

实话说，一个从没有恋爱过的姑娘，我是不敢要的，相信一个从未恋爱过的汉子你也是不敢要的。不是怕负责，而是因为他们没有经历过爱恨离别，没有经历过人生蹉跎，抓住稻草当金条，看到井绳说蛇妖，太容易动情会太容易别情，到头来别人四两拨千斤，一勾就走。

为什么会情变？为什么会婚变？说到底，还是社会不开放，男女不自由，相互认识的概率太小，所以瞎猫碰到死耗子，便如获至宝，死命抓住不放。到了后来，一旦发现对方有了二心，便刀捅硫酸泼，而经不起人生的平常变化。事实上，无论什么样的男人，无论他拥有多么强大的道德感，也难在苍井空、小泽玛利亚面前做柳下惠，要他在黄脸婆和白富美或骚娇媚之间抉择，兽性就是人性。所以不要问男人为何心易变，这不是为男人花心开脱，而是说这就是人性深处的秘密，以前如此，现在如此，以后还会如此。只是中国人从古到今，爱情都是被道德绑架的，一切不忠不贞都是被唾弃的，西门庆是下流，陈世美是无节，在我们心里非要焦仲卿和刘兰芝、梁山伯和祝英台那样贞男烈女阴阳相隔，才配得上世人顶礼膜拜。

今天的男女都不会那么傻了，你给我劈腿我给你戴绿帽子，你说分手我收拾东西立马就走，两不相欠，两不相见，谁离开了谁都活得下去。虽然大家普遍心思活泛了，但仍不乏姑娘们坚贞，跟谁一见钟情对上眼了，或者日久生情分不开了，非要嫁鸡随鸡、嫁狗随狗。

事实上，你如果非要执意孤行，非得认定了要跟哪个男人生同床、死同穴，我也可以告诉你一些死磕的本领，只要你勇于泼身而出，还是能有一些收效的。小三会打扮，你为什么不会？小三会发骚，你为什么不会？小三晚上如狼似虎，你为什么不会？收掉自己的畏惧，擦干自己的眼泪，把小三的手段都学会，你就可以打败小三了，小四小五小六只会望而却步、夺路而逃，你就稳坐梳妆台了，这就叫"舍得一身剐，敢将妖精拉下马"。不过这是世俗的法则，如果人生只想得到一个这样的男人，只想达到这样的生活境界，你完全可以这么做，但事实上，爱情的高度并不止于此。因为爱情的本质是多变的、移情的，男人跟你好过是真心，又跟别人好上也未必不是真情，你自己也一样，只是火山还在岩浆下。

　　有人说，再好的爱情也只有开头三个月，过了这三个月就是习惯、适应和容忍了。这是不造梦的真话和实话，你即使觉得逆耳，也要在轰轰烈烈的刻骨之恋后，像容忍没有永恒的爱情一样去容忍这种人性。

要爱不要文艺

　　单恋了别人老婆一辈子的屠格涅夫，到了晚年时说："如果什么地方有个女人关心我回家吃饭，我情愿放弃我所有的天才及我所有的书籍。"这话让人听起来心酸，然而可悲可叹的是，他直到晚年才悟出这一点。跟屠格涅夫一样的，当然，还有很多人，有男也有女。

　　张爱玲就是一个。张爱玲一辈子写了那么多书，那么多爱恨离散，是因为她就是那样的经历经验，她写的其实都是自己，只是我们在她那里发现了伟大。她笔下所有的字，都是血滴子，都是红豆熬成的思念的伤口。江山不幸诗家幸，情路不通文路通。她们是把人生爱恨百炼成钢，才结成让我们鉴照自明的文字。但如果能选择——如果时光重来，不知道张爱玲会不会这样选择，我宁愿她不写出那些作品，而是让她像芸芸人潮中的一介凡妇，浣纱洗衣，生儿养女，十指纤纤阳春水，做他的一个小女人，尝一尝寻常巷陌里相爱的滋味。

伟大是遥远的，是不贴身的，不可与之相亲，没有阳光划过皮肤的温暖和质地，也没有灶台前烟熏火燎的饭香和植物味。一个人跟一个人在一起，本来就是虚拟关系，所以才需要细节去支撑，需要家常去濡沫，如果虚拟之上再铺层阳春白雪，那只会是两只小白兔过家家。

我喜欢的姑娘大多是文艺女。譬如其中一位，我曾总结了她的特征：矛盾综合体，安妮宝贝控，古典控，旗袍控，旅行控，微信相册控，刷牙刷两遍，抑郁症患者，严重起床气，严重神经衰弱，肚皮舞初级狂热症，基本不做饭。就是这一位让我爱到不行的文艺女子，生活中接触起来让我简直要抓狂：你往东，她去西；你吃稠，她喝稀；你吃醋，她添油加醋。和她在一起，几乎什么事你都不能如她的心、称她的意。后来，我终于打掉牙齿和血吞，分就分吧，文艺有啥了不起。打那之后，我就暗暗发誓，再也不找文艺女，伤不起呀！我最向往的恋爱，不是乱世硝烟中的离散鸳鸯，也不是蓦然回首、惊鸿一瞥的电光石火。我不做张生，你也休要当莺莺，我不是董永，你也别七仙女下凡。如果可能，我宁愿做个三线小城的小户主，娶妻不用青梅竹马，只求投情合意，忙时同耕，闲来同游，即使粗茶淡饭也能炊烟不断，即使两个人久坐一句话不说，也能有心静观人世绵延。

这样的女人、这样的恋爱虽然不文艺，但真实安心、自由自在，重要的是自己不会被虐。

曾经有个姑娘问我，要看什么书、什么电影才会对感情有所帮助？我告诉她说："如果想踏踏实实找个男人爱一场，过日子，就什么书都不要读，什么电影都不要看。"这话虽然不免极端，但是今天我一样坚持当初的这个看法，谈恋爱、找男人，跟书没关系，跟电影也没关系，它们只会把你往真爱的反方向上拽，你按图索骥只是作茧自缚，到头来爱上的只是爱情，而不是爱人。以前的女孩子，读了三毛读琼瑶，枕头一天到晚都是湿的，现在的女孩子不大读这类纯爱的文艺腔了，这是对的。恋爱何必非文艺不可？爱情的交给爱情，文艺的交给文艺，井水犯不着跟河水搅在一起。一对男女有一个文艺范儿，那恋爱就会缺少很多烟火气，如果双方都是文艺范儿，那恋爱就像是三毛遇到了琼瑶，永远要凄凄惨惨戚戚下去。

谈恋爱不是为了文艺，不是为了浪漫，更不是为了流传千古，所以不要学《乱世佳人》，也不要学三毛和荷西，没有必要拔高自己，也没有必要弄得惊天动地，爱一个人不需要理由，也不需要证明，需要证明的感情都是有瑕疵的，是爱得还不够纯粹。在《爱你就像爱生命》里，有一封王小波给李银河写的信，里面有一句话："我和你好像两个小孩子，围着一个神秘的果酱罐，一点一点地尝它，看看里面有多少甜。"王小波去世后，这封信传唱天下。没有白头的爱情，才是最被大家顶礼膜拜的。梁山伯和祝英台、李隆基和杨玉环、沈复和陈芸、林觉民和陈意映、三毛和荷西，都是轰轰烈烈，流传千古。然而，生死相隔的爱情是给大家看的，白头到老的爱情才是过给自己的，我宁愿他们间巷人家、生儿养女，也不要成全伟大。

文艺男女对恋爱曾有一番好比，说谈恋爱就像吃辣椒，不吃的时候总是奇香无比，但真正吃的时候却辣得你痛不欲生，后悔莫及，发誓永不再吃。然而，辣劲刚过，你又对它朝思暮想，越辣越香，越香越辣。好了伤疤忘了疼，你永远在思念与后悔之间游离，这就是恋爱的逻辑。这看似说得一番寒彻骨，其实却是抽刀断水、举杯消愁，揣着明白装糊涂，或者本来就糊涂。无论男女，要爱上对方，不要爱上爱情，弄混了主体只会迷惑自己。恋爱的时候，就应该回到简单的两个人，是鬼别装人，是货别装纯。如佛所说，看山是山，看水是水，你只需要依此如实观照，看摩登女郎是摩登女郎，看红颜知己是红颜知己。最好的爱情不用文艺，而是投石击水，不起浪花，也泛涟漪。心底的悲欢冷暖，你知，他知，外人不需知，天地也不需知。真爱如禅，不可说，不须说，言语爱断，一说就错，更无须夸张感受去求证。

速朽的爱情

我非常喜欢的一本书，叫《一切坚固的东西都烟消云散了》，作者是马歇尔·伯曼。或者说，我最喜欢的是这本书的名字。"一切坚固的东西都烟消云散了"，它说出了这个时代我们心中的磐石被不断溶解乃至消失的一种状态，没有什么是坚固的，也没有什么是永远的，一切都开始迷离起来、模棱两可起来，内心的坚固已经被慢慢磨损掉。虽然书中的内容与感情并不相关，但其主旨在爱情上也同样适用。以前恋爱时，我们最喜欢听的是山盟海誓和亘古不灭，肉身虽不能永远，但渴望爱到永远，在一个相对贫乏的时代我们用终极给爱情一种地老天荒的颜色；而今天的恋爱，你很少听到特别坚定的东西，立场不坚定，眼神不坚定，话语不坚定，坚定的只有人欲和物欲，每个人都在多个人和多重可能性之间游走。

我们在爱情里的安全感，从最早的坚定和忠诚，从"山无陵，江水为竭，冬雷震震，夏雨雪，乃敢与君绝"，从这种形而上的、内心里的永恒开始转向一种具象的、可以触摸的东西。物质财富是一种衡量，而除了物质我们还在用欲望衡量，内心需求开始蔓延到体表的需求。

这种坚固的逐渐消散，在芸芸众生身上有，在大人物身上也一样有。在法国大革命时期，约瑟芬的丈夫被处死，留下了她和两个年幼的孩子。她让十二岁的小儿子去问拿破仑，是不是能取回父亲的佩剑，通过此事，约瑟芬结识了拿破仑。他们初次见面之时，约瑟芬已经三十三岁，拿破仑才二十七岁。约瑟芬的个性，给拿破仑留下了很深的印象，很快两个人就坠入爱河，不久即宣布订婚并缔结为夫妻。结婚后刚刚四十八小时，拿破仑就出发去意大利作战。尽管如此，他仍然保持着每天都给约瑟芬写一封信的频率。作为女人，约瑟芬娇柔、纯洁、善良，深得拿破仑喜爱——虽然他识破了她因为什么接近他，他在一封信中这样解释为何那么喜欢她：

我收到你的来信，你似乎在信中责备我说女人的坏话。

事情是这样，我最讨厌女阴谋家。我看得惯仁慈、文雅、温柔的女性，我喜爱她们。如果说她们娇纵了我，那不是我的错，而是你的。

不过你会看到，我已经宽大对待了一位通情达理的值得尊重的女性。我把她丈夫出卖我的信拿给她看时，她哭起来了，以万分痛心的悲伤和诚实口吻喊道："这的确是他的笔迹！"

这就够多了，打动了我的心，我说："好吧夫人，把信投到火里，我就没有证据可以针对您丈夫了。"她烧掉了信件，转悲为喜。

现在她丈夫得救了，如果迟两小时，他已被处死了。所以，你看，我喜欢娇柔、纯洁、善良的女性，因为只有她们才像你。

拿破仑爱约瑟芬至极，但由于她不能生育，而拿破仑需要一个儿子来继承皇位，所以拿破仑决定和她离婚。有一天，当约瑟芬同拿破仑一如往常共进午餐时，拿破仑一喝完咖啡就屏退左右。他走近约瑟芬，拿起她的手按在他心上，凝视着她说："约瑟芬，我亲爱的约瑟芬！你知道我爱过你，我在人世得到的仅有的幸福时刻，都是你一人赐给的。但是，约瑟芬，我的命运要高过我的意志，我最珍贵的爱情必须让位给法国的利益。"一八〇九年十二月十六日，拿破仑与约瑟芬正式离婚，此后不久她即郁郁而终。一八一五年，拿破仑复位再败被捉，被流放到圣赫勒拿岛，六年后年仅五十一岁的他病死在岛上，临终之际嘴里还在喊着"约瑟芬"。

　　我们来到这个世界，进化成男人和女人，男人出门捕食打猎，女人在家做饭裁衣，这不是偶然分工决定的，而是物种起源使然。我是说，把男人还原成雄性，把女人还原成雌性，才能看出来，在动物性上男人和女人其实分野巨大：男人是以数量来计算的，的确需要不断繁衍育种，不太会讲究另一半的质量，因为他要把意志传递到四方；而女人则是以质优来衡量的，是为了追求最好的雄性，她们只会接受她认为的精英跟自己结合，这种结合是排他的。归结到根本来说，这是一种基于物种的原始生存法则，拿破仑要儿子，要称皇帝，要占地盘，这是雄性对世界的征服；而约瑟芬，先是为了被判处死的丈夫，后来是为了拿破仑，为了最好的男人她可以设计策，可以离婚，可以孤独终老，这是雌性对雄性的忠贞和慈悲。

所以呢，女人最想听到的是男人说"我只爱你一个人到老"，她即使未必尽信，但还是最愿意听，因为她要的是Mr.Right 的唯一性的承诺——从原始到今天的雌性，肯定吃过很多这方面的亏，知道雄性在骨子里是要花粉乱播的，所以听到男人的斩钉截铁和信誓旦旦，她们会有一种对等感，她爱的是唯一的他，也需要他爱唯一的自己。然而男人终究是男人，他们身上的动物性比女人要多得多，所以观海凭栏，谁许谁海枯石烂？华灯初上，谁许谁地老天荒？所以聪明的女人不要誓言，不听诺言，不信箴言，因为不需要。她们在人性的荆棘里寻觅江山，她们知道一切坚固的东西都会烟消

65

云散，一切坚固的人性都比原来更加坚固，故此她们不去指望男人怎样，而是自己学会怎样。她们自己谋生，也自己谋爱，自己寻乐子，也给自己找未来。"我相信，即便在我们创造的家、现代的街道和现代的精神继续烟消云散的时候，我们和我们的后继者仍将继续战斗，让我们自己在这个世界上宾至如归。"在《一切坚固的东西都烟消云散了》中，马歇尔·伯曼用最后一句话让我们找到破镜后的重圆、破败后的救赎。没什么会永垂不朽，只有你自己才能让自己在爱情中卷土归来。

走出惯性

那么多年来，"谋女郎"换了五六代，从巩俐、章子怡、董洁，到李曼和周冬雨，再到倪妮，张艺谋的女人美学，不可谓不自始至终。你可以说，老谋子是陕西汉子，一根筋偏到底。我想说的是，从选中巩俐那一刻开始，张艺谋就确立了一个他心中的美女的模子，此后无论选谁，都是在往那个模子上靠拢，他对那种美有甩不掉的惯性。恋爱也如此，你确定了 The One，即使分手了，即使过去很久，只要你深情全心地投入过，也会有这种甩不掉的惯性。

我有一个女性朋友，在广州读书时谈了个男友，毕业后女方到北京工作，男方在广州做了老师，天各一方，靠电话维系恋情。两个人的感情不错，最大的问题是异地，女方去不了广州，男方来不了北京，就这样维持了两年，最后双方都心知肚明，早晚要无疾而终，于是一方提分手，一方坦然接受。如果双方有矛盾，或者一方喜欢上了别人，两个人性格不合经常吵架什么的，分开了还好说，但就是这样因为地域分开，让两人都有一种四顾茫然之感。分手之后，我们给她介绍了好几个对象，但她总是嫌这个怨那个，要么是没有眼缘，要么是气场不和，再不然就是没感觉，怎么都觉得旧爱最温馨、前情最贴心，处处跟前任相比。这种只念旧爱、不认新欢的状态，我称之为爱的惯性，男女都有，女人尤甚。这种惯性源于爱，发乎心，是一种由于自己对某类人、某种爱、某种表达、某种感觉的偏好，在爱情和时光的发酵下形成的一种被动的、塑造起来的、倔强的恋爱好恶，被对方的一切所捕获了。

爱的惯性是个鸡肋，食之无味，又弃之可惜，但到了最终地步，还是要弃之如敝屣。因为爱的惯性太大了，所以即使她是空窗期，即使她对你很满意，相遇的时间地点也 OK，她想跟你恋爱，也未必就会跟你恋爱，因为旧情牵绊太久，前尘往事太多，她是一只被网绊住的蜘蛛，不能自救，非要等到哪一天岁月麻木一切，绝望才会酿出希望，她才会再去爱。其实，她需要的并不是不爱，而是一个不再爱、不能爱的理由。找到了，爱当生则生、当死则死；找不到，爱虽死亦生、虽断还乱。虽然人不是动物，可以情路上走一遭不落爱恨，也不是机器人，可以有事先设定的行止程序。但是她总要另起炉灶，淘米做饭，为爱做一顿佳肴。

人，无论男女，从根本上说都要面对两个基本问题：一是生存，得活下来；二是要回答生命价值的问题，让心有个安住。爱情其实也一样，一是要先死过去，然后要再活过来，对过去死心，对未来入心；二是在新的另一半那里，建立起一种价值的、细节的、情感的认同，让新恋情有个安住。不要因噎废食，也不要饮鸩止渴，那都是自虐。而情感的惯性是个死胡同，是一堵南墙，不要一竿子走到底，也不要撞到南墙上才回头，结局和过程都有了，再去纠缠就是太过于贪恋和任性。忘记一个人，其实并不是因为恨一个人，也不是为了证明可以忘记一个人，而是真的就忘记了，可以回到自己的素面素心，如重归天地，重做赤子赤女。

两个人在一起，外在决定速度，内在决定长度，而在速度和长度之间还有千山万水要走，时间、空间、人性，周遭都会是绊脚石，没有谁是谁的唯一，即使一个是金童一个是玉女，也在所不惜。不要在分手后放大自己的感受，不要分开了还被惯性的作用力推着往前走。对女人来说，什么是福？爱不是，财不是，明白才是，明白了才知道怎么做。可老天偏让女人生得傻，等明白过来也人老了。明白的女人，不会被惯性绑架，而是明明多情却还无情，明明不敢直面却还对视，因为她知道天下男人多如牛毛，不能因为一根被吹走了，就对其他一堆堆视而不见。做前朝的遗老固然可歌可泣，然而总不能为了节气和洁癖虐待自己。要活下去，就要用五匹马把自己拉出过去，从惯性里杀将出去！

最后一任留给谁

有一个现象你大概也发现了，大约从二〇〇〇年开始，爱得山盟海誓、死去活来的人越来越少，而分手的人、单身的人越来越多。人人都能一见钟情，却少有人能白头偕老。最近几年尤其明显，几乎我们身边的每个人都分手过好几次，我们的"失恋经验"越来越丰富，我们对爱情越来越怀旧，而我们越来越不能爱到心里去了。

许多哲学家和心理学家早已发现，人类行为在很大程度上都是趋乐避苦的，这叫"快乐原则"。在情感的世界里，无论男人还是女人，无论牵手还是分手，也时时刻刻在遵循着这个原则，快乐第一。因为要快乐，所以会快速为自己寻找备胎，快速从原来的恋情中自拔出来，不让自己去纠缠，而且在越来越多的分手中，每分一次手你都会麻木自己一次，一个人挣脱了一个人去捡，你捡我的我捡他的，悲伤越来越少，走出的时间越来越短，到后来换男朋友如走马灯。这带来的结果是，我们曾经浓烈如蜜的爱一点点在消失，你越来越不愿意付出，越来越不愿意投入，只是按照少受伤、多快乐的原则在情感世界里算计——即使你没有算计，但潜意识里养成的人性已帮你算计好了，你不得不趋利避害，想付出最少的得到最多的。

也许这就是爱情一路沦落下去的本质，它遵守着一个投入—产出的爱情经济学原则。

在这个越来越物质化的时代，大多数人的爱情都是按照这个路子在走，有的是被传染的，有的是自己醒悟的，造成我们都理性地、计算性地去遇见一个人、谈一场恋爱，但最后却发现自己越来越不敢爱、越来越不能爱了，在想爱又不能爱的纠缠里被世俗生活和柴米油盐捕获，憧憬的美好爱情于是沦为物质衡量的婚姻生活，爱情败给了人性，败给了骨子里的"快乐原则"。可以说，我们的爱是被"快乐"吞噬了，"快乐"比岁月更像一把杀猪刀，岁月留下的是抬头纹，而"快乐"留下的是心头纹。它在你的心头割一刀，在他的心头割一刀，刀刀见血，刀刀致命，结果每个人的情感世界里都在千疮百孔地流淌着本来要用来拥抱爱情的热血。

这是个人人都没有安全感、人人都在填充安全感的时代，无论男人还是女人，都在拼命地用钱、用房子、用车、用夜店、用 KTV、用人脉、用职场去寻找满足和安全，去寻找已近于濒死和麻木的爱情里的遗缺。但我想说的是，那是不可能成功的，你在得到那些之后，只会面对更大的空虚和更大的不满足。怎么办？解铃还须系铃人，从哪里跌倒还要从哪里爬起来，爱情的解药要去爱情的源头寻找。记住，解药一定是苦的，一定是不快乐的。

一个朋友说，人生就是定性、知事、选梦、遇人、择城、终老。爱情也是，定性是第一步。定性就要知性，知人性、物性、天性。所以我建议诸位红男绿女，在恋爱之前，一定要看看德斯蒙德·莫里斯的《裸猿三部曲》：《人类动物园》《裸猿》《亲密行为》。

莫利斯说，在一百九十三种猿猴中，只有一种猿猴全身赤裸，他们虽然口口声声自诩为"智人"，然而实际上却是"裸猿"，猿性主宰着人性。几十年过去了，此书再版时莫利斯依然倔强地说，他的书仍可以一字不改：尽管我们创造了瑰丽的文明，但是仍然受制于基本的生物规律。莫利斯还说，我们有旺盛的寻求亲密的本能，然而都市生活抑制遮蔽了它，于是产生了各种替代行为：我们缺乏安全感，就去寻找成人奶嘴——香烟；我们渴望亲密接触，就选择生病；我们穿衣服，是为了那接触的温存；我们在家庭中被拒绝亲密，就走向了一夜情的怀抱。

为什么会这样？如果我们的行为被莫利斯言中，该怎么办？莫利斯给出的答案未必是最好的，却可能是唯一的选择：你是旷世无双、无与伦比的物种里的一员，请理解你的动物本性并予以接受。看清楚了人性的深度，我们才能建立起对抗人性的高度，才能从"本我"自渡为"超我"，去超越简单的、生物性的"快乐原则"。所以在爱情里，你不要去快乐、享乐和欢乐，不要去计算得和失，在潜意识里也不要去计算，向苦而生，向死而生，要去尝尽跟他的酸甜苦辣和爱恨情仇，要去品味难受、折磨、担心，培养起自己在情感里的热心、耐心、细心和恒心，在每一个点点滴滴里去注入情意，从第一个跟你谈恋爱的人开始，你就抱着他是最后的那个人的态度，不放弃，不抛弃，不离弃，即使天塌地陷，即使你们未必能走到最后。

　　无论他是你的第二个、第三个，还是第 N 个，你都要把他当成是第一个，当成是最后一个，不要去考虑会不会在一起、能不能在一起，要去建立你们的肌肤相亲、生活相亲和精神相亲，要用你的本能去理解他的本能，用你的动物性去理解他的动物性，然后建立起一种超越，用"超我"去溶解和释放"本我"，并在此间完成起你们相爱的里程。弗洛伊德说，生物性即命运。他是对的，如果我们终其一生徘徊在爱情"快乐原则"的泥淖中，那么婚姻不是爱情的坟墓，爱情自己就已经是坟墓了。所以说，爱情的大敌是快乐，快乐是个甜蜜的敌人。

才子都是别人的

自古以来，女人爱男人，以前大多是"以才取人"，而现在则有"以财取人"，虽然爱"才"比爱"财"好了那么一点，但在本质上其实是一样的。女人爱才，大多是自己先有才，然后才在才子那里找到了自己想要的才，于是痴痴缠缠，一路跌跌撞撞地爱将下去，即使头破血流、体无完肤，也不管不顾、在所不惜。因为她们觉得他最懂她，也只有她最懂他，如此就够了。

薛涛是大才女，爱小她十岁的才子元稹。元稹是美男子不说，文章更是举世无匹，"每一章一句出，无胫而走，疾于珠玉"，所以即使常在才子堆转圈的薛涛也低下头来，爱得地覆天翻、颠鸾倒凤，一连同居三个月，"双栖绿池上，朝暮共飞还"。女人可以把男人当世界，但男人却不可能把世界当女人，对才子来说更是如此。元稹是集薄情兼多情于一身的人，情虽不伪，却也不专，从远房亲戚崔莺莺到原配韦丛，从韦丛到薛涛，从薛涛到安仙嫔，从安仙嫔到裴氏，更何况他还要治国平天下，安能被儿女情长所羁？所以即使分手也不当面，而是说"别后相思隔烟水，菖蒲花发五云高"。最重要的是，元稹一开始想见薛涛，也是因为她的艳名在先，才名只是殿后，于是转托朋友司空严绶说合，他想单独造访一下薛才女。王建有诗为证："万里桥边女校书，枇杷花里闭门居。扫眉才子知多少，管领春风总不如。"和众多才子慕名来访一样，元稹也是醉翁之意不在酒，在乎薛涛之貌也，倘若薛涛之才配下等之貌和贫寒的家世，才子们再爱其才，也不会踏破铁鞋来访，门庭若市到赛春风吧？正因为薛涛有才，所以才子们要借爱才之名行爱貌之实，也算一箭双雕了。

　　早薛涛八九百年的卓文君，也一样有才，也一样爱才子，爱司马相如的才爱到要夜奔才行，甚至不惜与父决裂，更跟夫婿当垆卖酒羞煞老爹，最后怎么样呢？虽然志在"愿得一心人，白首不相离"，最后不也一样面对无情郎，气得她"恨不得下一世，你为女来我做男"。时光过去千百年，才女的心是通的，爱才子的心性仍不减，碰上一个才子，女人的羞羞答答全抛了，兜兜转转也要弄到手，莫文蔚、林忆莲、周慧敏、徐静蕾、高圆圆……这个名单很长。

　　莫文蔚的门第富贵、才学家教，很多人大概都是有所耳闻的。她出身优渥，祖父莫理士是英皇书院的创办人和校长，祖母罗惠德同样出身于名门望族，曾在复旦大学修读中国文学，而父亲莫天赐精通国学，母亲何敏仪曾任中学英文教师、香港电台英文节目主持、港府高级新闻官、无线及亚视高级行政人员等要职，同胞哥哥莫理斯则是英国剑桥大学国际法律系的博士，这样的家族环境给莫文蔚以富养的条件，所以她无须爱财，只须爱才，"才"是出身给她烙下的最大的胎记。从周星驰到冯德伦，她把才看作男人的大德，就像韩松落在《一朵金花的才子癖》中说的："因为得到过，所以淡泊，因为欲望并不那么强烈，所以毫无拘谨之态，所以她一再强调，'跟一个人在一起，重要的是能不能学到东西'，并且言行一致身体力行，和林忆莲一样，将'才子癖'渗透到事事处处，尤其是看待婚恋的眼光之中。"

但是到最后的最后，莫文蔚还是没能"以才了爱"，而是嫁给了十七岁在意大利读书时的初恋男友Johannes，才子们沉舟侧畔千帆过。这样的结局，由不得你不感慨。都说女子无才便是德，其实是"男子无才才有德"。丘吉尔说，高尚、伟大的代价就是责任。才子的才一点也不伟大，跟他们谈责任，不如跟屠狗辈要仗义。才子们的责任不在女人那里，而在自己这边，他们最大的责任和动力是施展出自己所有的才钓美人鱼，愿者上钩，结果钓上来的全是才女。女人们终究要明白，男人无财时，是用才打了一副钓钩，虽然金光闪闪，但还不如财实用。才是他们最内在的外在，是他们孔雀开屏时的艳羽流光，可以借此花粉传遍百家，而对你来说只不过是夜色中一现的昙花，照得亮一时照不亮一世，扑进去才发现是飞蛾入火。

女人爱才，男人爱貌，嫁得才子归的女人会发现他还会勾搭更多的莺莺燕燕，而抱得丽人行的男人则一天到晚担心被戴绿帽子，都是自虐。有个调查可以做个参考，说是在美国，有一家专门从事婚姻问题调查的机构曾经发布过这样一份报告，经过对几万名男子近五年跟踪调查，发现凡是娶到漂亮女人为妻的男性，寿命要比娶不漂亮女人的短五到十年。中国人早有"丑妻家中宝"的说法。

　　而女人爱才呢，从古到今才子佳人的故事数不胜数，但能够白头偕老的又有几个？你慷慨解囊助情郎，他却高中状元做驸马；你息影下台、退居幕后、一心一意做主妇，他却流连夜店夜夜笙歌。越有才的才子心越浮浪，他不会因得过你的盘缠和侍候就此收心洗手。其实，男人的财和才也好，女人的才和貌也好，都不是选择标准，男人需要的仅仅是一个女人，女人需要的也仅仅是一个男人，他阳刚时阳刚、贤良时贤良，她妩媚时妩媚、淑惠时淑惠，这就够了。因为对方身上所有附着的标签，在你成为其枕边人时你就没了兴趣，而且看着这些标签犹如仆人看英雄，一样是鼻毛横眦。所以无论男选妻还是女择郎，男人要的只是一份女人的贤良，女人要的只是一身男人的重量，才是次而又次的，有才不必，无才何必。

女人的天下

俗话说，男人出力，女人讨巧。因为男人是通过征服世界征服女人，而女人是通过征服男人征服世界，这是一本万利的生意，名之为爱情，本质上是生意。所以现在有些女人，信奉干得好不如嫁得好，都想找个钻石王老五，又帅又有人品，有车有房又有存款，自己做个全职太太，活在他的羽翼之下。好逸恶劳是人性天然，本没有对错之分。

但是，我想问问一心要做全职太太的女人们，那样的男人为什么就会养着你呢？我可以告诉你，他不会，第一他不欠你的，他可以养你一时，但养不了你一世；第二你即使再漂亮，容貌和肉体的新鲜度是有保质期的；第三，到了那一地步的男人，需要你身上有更多的东西。在恋爱的阶段，如果只想恋爱，那么男人也许会不对你提更多要求，你可以靠作，可以靠嗲，可以靠打扮，可以靠勾搭，但一旦你想登堂入室成为夫人，那么光靠这些就远远不够了。婚姻和恋爱的不一样就在于，恋爱是不计成本的，然而婚姻却是要衡量投入产出比的。

从某种意义上说，夫妻关系的本质是结成一个利益单元，共同去风雨里衔草筑巢，以前的男主外女主内，其实也是一种利益共同体。这个世界，早已不是男人包打天下的时代了，女人一样要顶半边天，不能光享受权利，不承担义务，无论是家庭还是事业，只有把感情和利益牢牢绑在一起，这样的关系才是超稳定的结构。这就是亦舒说的："有利可图，关系一定固若金汤，无谓自作多情。"从古至今都是如此，无论是起事的李世民、刘邦、朱元璋，还是起家的何鸿燊、陈天桥、潘石屹，莫不如此，靠老婆安天下也好，借老婆上青云也好，都是爱情关系混合着利益关系，这未必就是势利和利用，而是人性在本质上是被利害慑服的，仅仅为了纯爱，人性不可能有那么大动力打持久战，只有一起曾经沧海，才能除却巫山。

有一对朋友夫妻，虽然还算和睦，也已经安度七年之痒，但也吵吵闹闹、磕磕绊绊，属于大打没有、小闹不断。有一年，他们从北京自驾去西藏，作为两个资浅驴友，虽然去前做过不少攻略，也备了不少必备之需，但在穿越西宁至拉萨的天路时，却历经九死一生。先是冷车状态下发动不起来，后来是严重高反，男方三步一晕、五步一吐，甚至一度晕厥过去，老婆给他喂水吃药吸氧，照顾无微不至。后来就换女方开车，在过无人区时车又坏了，叫天天不应，叫地地不灵，前不着村后不着店，风又吹夜又黑，在深蓝的天幕和满天繁星下，一人打手电，一人修车，鼓捣到半夜才弄好。回来后朋友说，这一路上的遭遇让他对老婆感念至极，没有她他也许早就抛尸荒野了，所以他至此动心忍性，对老婆千依百顺。

在这里，我无意夸大这场旅行的意义。但是事实上，它在他和她的关系调和上却居功至伟，因为在那样简单、粗糙、荒野的环境下，他们一起抗高反、修车、担惊受怕，就已结成了最具利害关系的联盟，去跟周遭四野的风险和不确定抗衡，很像原始社会的战天斗地、围捕狩猎，他们是一条绳上的蚂蚱，是命运共同体。如果说在日常生活中，男耕女织、男外女内结成的是一种世俗利益关系，那么这对夫妻在自驾出游中结成的，则是一种生命利益关系。但无论哪种关系，在根本上都是两个人的共同参与，那种投入产出、生死博弈的共同经历经验，牢牢把两个人绑在一起，比任何死去活来的爱都更深入骨髓。

所以，一心想当金丝雀的姑娘们，开动脑子想一想吧，且说你不是如花似玉、貌如天仙，即使你是，即使你云鬟花颜金步摇，即使他跟你芙蓉帐暖度春宵，让他专宠你一人，后宫三千佳丽尽失色，你凭什么？单身王老五、金融小开、权贵俊彦们阅女无数，哪一个能把他们永远绑住？一个聪明的男人如果爱一个女人，是不会把她金屋藏娇，天天关在笼子里养金丝雀的，因为习惯了做盆景，就无法壁立千仞、奇峰如戟，那样的女人增量有限，不能满足男人对她的占有感和向往。同时，一个真正聪明的女人，也绝对不愿意被锁在铜雀台上。男人于她，只是必要但不是所有的一个部分，作为一个女人，她不但是女性，更是人。在女性的身份之外，她还要寻找作为一个人的领地，要拿掉人面前的修饰和定语，要像男人一样并肩而立，同行于世。

故此，每天艳羽如凤、哆舌如簧的女人，不要再一门心思想着到处享受，想着通过伺候大款、服侍小开而一跃独霸后宫了，把那份心思和心力放一半出来吧，选好男人跟他一起跨上战马，即使不轰轰烈烈，起码也要旌旗猎猎。一起打天下，才能一起坐江山，即使没功劳也有苦劳，总要论功行赏、裂土封王，他当王来你称后。母仪天下之时，谁也休不了你。

细节之恋

张爱玲说，人生是一袭华美的袍子，上面爬满了虱子。其实爱情也是，甚至有过之无不及。

爱情是做减法，你的眼里只有他，他的眼里只有你；生活是在做加法，要你在人生初见后划开切口，不断地往对方背后挖掘。所以相爱在某种程度上是一种容忍，不但要爱对方的优点，也要爱其缺点。她拜金、她娇气、她脾气大，他色、他邋遢、他抽烟，你的眼睛里不能只看到风光，也要看到落拓。爱情就是琐碎的，有谷子，也有芝麻，星星点点散一地。女人为什么莫名生气？就是细节上男人没做到她心里去，忘了生日，忘了礼物，迟到了约会，而男人也眼昏心粗，多不注重细节，觉得实质关系都发生了，就可以肝胆相照有一说一，不用太讲究，而忘记了女生心海底针、女人心天边云，她们原是属显微镜的。

很多人在一起，不是不爱了，而是面对无边的难以忍受的细节，积沙成塔，集腋成裘，把在一起的快乐甜蜜吞噬了，以至爱而爱不起来了。《裸婚时代》里的刘易阳说："细节打败爱情。我除了我爱你比你爱我多以外，我没有任何条件比你好，我今天才知道一个道理，什么叫失无所失！"最怕的就是最后到了这层境地，你再努力都抓不住爱，再拔剑都没有敌人，四顾茫然之下你才明白，你是爱有所爱，却失无所失，你被自己打败了。对此我是深有感受的。我曾经谈过一个上海女友——她未必以为我是他男朋友，上戏毕业，上汽高管，集精明强干和文艺奢侈于一身，实话说，就像刘易阳跟童佳倩一样，我没有任何条件比她好。在生活中，她是典型的海派风格，精致，细腻，讲究，吃喝要味道第一，旅行要攻略第一，闲处要情趣第一，对于一个摩羯座的猪来说，我断然是做不到这些的，虽然我也努力了，但在她眼里依然是白费。

后来分手后，我终于明白了，不是她对我挑剔，也不是我对她有敌意，而是她的生活方式对我的生活方式挑剔，是她的成长背景对我的成长背景挑剔，怨不得她，也怨不得我，而是彼此背后的那些东西水火不容、势不两立。我终于像刘易阳一样，被细节打得落荒而逃。

一方水土一方人，这些秉性的东西，在一见钟情、一见钟性时很难一下子冒出来，冒出来也被视而不见，但在荷尔蒙期之后就会挥发出效力，从一个战斗到一场战役，最后形成战区。所有的相遇都是偶然的相遇，所有的相离都是准备好的相离。从你们在一起的那一刻起，你们背后那些根深蒂固相抵触的东西就开始发力，时时跳出来打得你们落荒而逃、形单影只。

我一个浙江的朋友，到北京工作不久，找了一个京妞。有一次他们俩和几个朋友吃饭，临了买单时，这哥们提出说要各人买各人的单，因为在浙江吃饭就是这样，一起吃饭，平均分摊，各自付账。那姑娘当时着实愣了一下，两眼用力剜了男朋友一眼，在一众朋友尴尬各异的神色中，自己掏钱去买了单。后来没多久，听说他们就掰了。并不一定说，是那次买单造成了他们的分手，但我想那至少反映了某些问题，即使不是炸药包，起码也是个导火索。而且在本质上，怎么买单不要紧，但却揭示了京派和海派不同的地域性格，以帝都大姐的豪气干云，无论如何也容不下浙江男孩的叽叽歪歪吧！虽然我说过"爱女人和会爱女人不是一码事"，但那是对女人说的，是要女人理解爱和会爱的不同，分辨什么是真爱什么是技术爱。对男人来说，光有爱远远不够，还要学会爱，尤其是在没有刚性优势的条件下，无才，无财，无貌，无心，无技，男人那么多她干吗要选你？所以爱是一门技术活儿，不是光有热情就可以的。谋杀爱情的，不是你爱不爱她，而是你会不会爱她。很多男人，在得到了女人之后就束之高阁，爱的时间越长，爱的细节越少，女人是细节性动物，她宁愿被细节拥抱，在细节里寻找稳定和安全，把一个眼神因式分解成很多因子，把一件礼物提取出无数元素，这是本性。

荷尔蒙涨潮时，爱情是一个理想国，是形而上的，只要有月亮有夕阳有星光，尘埃如麻都可以弃而不见、视而不见；而荷尔蒙退潮之后，生活则成了一个地上国，是形而下的，吃喝拉撒都来了。爱情来了，我们对顶层设计都做得很好，把制高点都选得很高，但殊不知，几乎所有爱情都是从基座和细节开始溃烂的，一处不合，处处不合，一点兴趣上的不一致或者细微的异同就可以星星之火燎原万里，烧掉你们的耐心、磨合以及交集，最后帆破船沉。

所以，女人都在细节上挑男人，标准鸡零狗碎、五花八门，要看星座，要分血型，要算八字，要讲习惯，尤其是处女座的女生，简直龟毛到极点，有一种完美主义的洁癖。不过，过漏勺过到最后，所有细节都满足的，到头来一样会分了手，又是为什么呢？我觉得，女人不能不讲细节，但也不能只讲细节，还要讲方向。方向上要宜细不宜粗，而细节上则要宜粗不宜细。方向对了，可以放细节一马，而细节对了，则要对方向严格把关。选男人，方向是决定性的，在选对人之后，细节是决定性的，不同的阶段要有不同的侧重，不然胡子眉毛一把抓，肯定是要置爱情于死地的。

不过对男人来说，女人毕竟是细节性动物，容易细节性联想，要想赢得一个好女人，就一定要琢磨细节。在战场上，一颗钉坏了一个马掌，一个马掌害死一个将军，一个将军败了一场战争；在爱情中，一个表情坏了一张脸，一张脸搅翻一场约会，一场约会丢失一场爱情。因为乱世时细节决定一场战争，而盛世时细节则决定一场爱情。

爱情契约论

你知道结婚证是怎么来的吗？是因为恋爱和结婚的最大区别，就是恋爱会使对方的优点扩大化，而婚姻使对方的缺点扩大化，所以婚姻需要契约。以前的人结婚也要送帖，要有婚书，但是没有那么契约化和法律化，而是营造一种庄严的仪式感，而且不同的是，以前的人在乎拜高堂拜天地，在乎洞房花烛夜。今天的男女似乎更在意一纸结婚证，在意法律的一层保护感，而对仪式，对喜庆，都没那么看重了。可以说，婚姻的缘起，除了爱情，或许还有最现实不过的相依为命。而契约的缘起，除了信任，或许还有最避免不了的人世纠纷。

在某种意义上，可以说靠法律维护的婚姻是一种退步，因为人不能控制自己了，越来越接近于本能人性了。不像以前的男女，单单凭着媒妁之言和没有实际法律意义的婚书，就能维持几十年甚至一辈子的夫妻关系。在潜意识里，我们不能保证天长地久，不能保证不拒绝诱惑，所以在婚姻中越来越看重的是结婚证对物质分配的利益关系。有些人没那么看重婚约，譬如萨特和波伏娃，就一辈子没有结婚，只是同居在一起。萨特一直把波伏娃视为智力水准上最理想的对话者，他的名作《恶心》和《存在与虚无》也都是献给波伏娃的。波伏娃和萨特这一对没有婚姻的终身伴侣，是契约式婚姻的实践者。萨特虽然建议结婚，但是他也明确地说，婚姻的俗套将不会影响他们的生活方式。他们一致认为，表现得和他们的信念一致是合乎道德的，并认为独身状态理所当然。他们两人都感到只要二人永远相爱并生活在一起就够了，这就是婚姻的本质，而不用去办理什么手续。以至于波伏娃这样说："我们不发誓永远忠诚，但我们的确同意延迟任何分手的可能性，直到我们相识三四十年后的永远的年代。"

在一个肉欲、经济、审美等等都对爱情提出挑战的时代，他们并没有因为邂逅而迷失，而是同时看透了人性深处的一片狼藉，即要用婚姻约束彼此。所以他们坦诚吐露、赤裸相对，相守一生，但却没有一纸契约的牵绊。正是因为具备了可能性和自由空间，他们的爱情才被松了绑，不用费尽心力逃脱，彼此可以尽情欢乐，同时在纵情之后，还不会忘了对方。钱钟书说，婚姻是一座围城，里面的人想出来，外面的人想进去。这道理我们都明白，但还是不断地进进出出，从一座城出来进入另一座城，这是为什么？我们的爱还寄生在传统和道德的藩篱中，还没有勇气直面人性和超越人性，所以每一次结婚都像是在试错。

七十年前，巴黎的萨特和波伏瓦，开始尝试一种契约式爱情。七十年后，即一九九九年，法国通过了一项"亚婚姻"立法：男女双方只需正式办理契约合同，而不用办理结婚手续，即可以成为契约式生活伴侣。今天的法国，已有数万对这样的亚婚姻生活伴侣。这种介于婚姻与同居间的新型爱情关系，正是对萨特和波伏娃迟到的回应。港台很多女明星嫁富豪权贵，也有不少秘密地签了婚前财产协议的，而且现在渐渐形成了一种趋势，这种所谓上流社会的潜规则也开始蔓延开来，正从王谢之家飞往寻常百姓家，爱和生活开始在每一对男女身上分道扬镳。在越来越物质和现实，变数越来越大的当下，男人和女人在一起，一纸婚书也好，一纸婚前财产公证也好，保证的其实并不是爱情，而是变数到来时的人性。人性是利己的、自私的、物欲的、兽欲的，所以要用契约来约束，契约保证的不是爱到地久天长，不是哪一方不能出轨，而是弱小的一方不受到侵害，财产上不受损失。

"完全和动植物一样，人也是一种自然的生物。"费尔巴哈的话，让我们把人还原到了一个更宽广的背景中，不是单单在人群和人潮中看人，从男人和女人的角度看人，而是让你在生存的荒野里看到自己其实就是一株草、一棵树、一头兽，江山易改本性难移，没有什么能阻挡人性的蔓延。然而，只看到人性背后的兽性还远远不够。所以，还是帕斯卡尔说的好："使人过多地看到他和禽兽是怎样等同，而不向其指出他的伟大，那是危险的。使他过多地看到他的伟大而看不到他的卑鄙，那也是危险的。让他对这两者都加以忽视，则更危险。然而，把这两者都指明给他，那就非常有益了。"回头看到兽性后，还要往前看光明。在兽性和人性之间，是一套社会性的制衡机制，是一套世俗社会的法则。看透这一切的男女，早已经在松散关系中找到了一种更牢固的紧密，因为没有婚姻所以能超越婚姻，因为不迷信人性所以才能释放兽性。我相信，那样的关系比山盟海誓更长远，也比海枯石烂更浪漫！

离得越远走得越近

有一则旧闻。二〇〇六年的一天，土生土长的十五岁斯威士兰美少女汀特斯瓦罗·恩格本尼，跟着姨妈来到第四房王妃拉恩甘加扎的王宫玩耍时，无意之间被斯威士兰国王姆斯瓦蒂三世看见了，姆斯瓦蒂三世竟然对只有十五岁的她"一见钟情"，决定要娶她做第十四房王妃。

时年四十五岁的非洲斯威士兰国国王姆斯瓦蒂三世，一共娶了十三位王妃，生了二十七名子女。他把迎娶汀特斯瓦罗的日子，定在二〇〇七年的一天。但不甘成为王室金丝雀的汀特斯瓦罗，在结婚前夕展开了一次逃亡行动，辗转千里潜逃到了英国伯明翰。姆斯瓦蒂三世一怒之下对汀特斯瓦罗展开了跨国追捕。于是，汀特斯瓦罗向英国提出了避难申请。斯威士兰是非洲唯一实行君主制的国家，能被国王选中成为王妃是无数少女的梦想。然而，这个梦想并非汀特斯瓦罗所愿，她明白自己想要什么："我很清楚自己压根不想嫁给他，不想把自己的一生都奉献给国王。他的那些王妃都被关在她们的宫殿里，成天被保镖包围着。她们唯一能做的事情，就是每年去美国旅行一次，用国王给她们的购物津贴买点东西。"

经常有女孩子问我，怎么样才能留住男人？怎么样才能让男人不变心？答案其实很简单，就藏在这则十六岁的斯威士兰少女为拒绝与国王结婚而展开大逃亡的旧闻里。但是事实上，今天的很多女孩子并不愿意做汀特斯瓦罗，而想被男人养着宠着做个金丝雀，她们被物质、被男人绑架了，把爱情当江山，把男人当皇上，完全丧失了自己的兴趣、爱好、内容和追求。

然而，男人都是审美疲劳的，也是审女疲劳的。你完全以他为中心，一天二十四个小时都缠着他，他怎么可能还对你长久？要知道，新鲜度决定热情度和长久度。本质上，这种对男人的匍匐是一种奴性，是一种宠物心态，事实上无论她多么漂亮、多么能干，在骨子里也都是奴性的。女人不能过于黏着男人，要有自己的爱好、闺蜜和朋友，你可以去逛逛街、打打麻将、看看书，但最好呢，还是要有自己的阵地和空间，即使事业不大，但总归是牵着自己的所在，只有这样，你的人格才会饱满，人性才会圆满，而一个饱满圆满又会把满化成简的女人，才是男人的宝，就算你七老八十了，也一样是宝！所以亦舒算是个明白女人，她说："我爱他，但是我爱自己更多。不自救，人难救。忍辱负重于事无补，只会招至更大的侮辱。我不会为男人做无谓的牺牲，因为我自爱，只有自爱的人才有资格爱人。"

有一个嫁入豪门的女性朋友，出身一般，姿色中上，学历尚可，老公是世界五百强企业的领导层，家族产业铺天盖地。按说，她完全可以不用上班，喝喝茶，养养花，做个悠闲自在的全职太太，但她却不然，还是每天风里雨里经营着一家小店。在很多女人看来，她这是有福不会享。然而她却不这么看，她觉得每天什么都不做，会活得很苍白，优渥自如的品质生活，她不是不会享受，而是会让人有一种空虚之感，还不如打理一家小店能带来安全感和满足感。每天，她投入心意、努力和专注，像养花一样自我浇灌，去开门、布置、擦拭、迎来、送往、打烊，她自己会投入沉浸到里面去，男人也会觉得她很专注，会有一种感佩。

有人说，专注和努力的男人最为性感，也是最吸引女人的物种。其实女人也一样，当她建立起一个自给自足的世界时，即使那是一个积木搭建而成的世界，脆弱、零碎、寒素，但那也是她投情尽意的地方，她的用心让你动心。所以深谙男女之道的女人，不会去跟男人要钱花，不会丢了自己的后花园，不会在男人边上对镜贴花黄，不会缠着男人倾诉衷肠，要知道水至清则无鱼、人至透则无味，你可以掏心掏肺，但是不要掏空自己、苍白自己。而保全自己最好的方式，就是离男人远一些，离他给你的东西远一些，用自己的方式在自己的阵地活下去，开心下去。争是不争，不争是争，夫唯不争，而天下莫能与之争。爱情也是。

得到的东西不值钱，得不到的东西最眼馋。对于男人来说，你硬贴上去，即使贴得再紧都会有缝隙，早一天晚一天终究被抛弃，反而是松开手，隔开一定的距离，独自起舞，风神俱在，他才对你有更多注意和留意。然而远离男人，也不是骑单车玩特技，完全大撒手，最后肯定摔到嘴啃泥。要知道，没有线的风筝会高飞，没有枕木的动车会脱轨，你可以心里有他、世界里有他，但是身边不必时刻有他，甚至可以让他一定程度地紧张、慌张，然后你的相许才有不一样的价值和意义。也就像张小娴说的："你唯一可以强横地霸占一个男人的回忆的，就是活得更好。想把一个男人留在身边，就要让他知道，你随时可以离开他。"爱情虽然不是恐吓，但是你一定要学会恩威并济，学会胡萝卜加大棒，给他胡萝卜是你在乎他，手持大棒是你即使没他，自己也一样能闯天下，这不是不相信人性，而是要看透和使用人性。所以，现在我可以告诉你这一点，要得手就得先学会松手，要留住男人就得先学会远离男人，这是人性深处的吸引力定律！

你会爱我
在二十五小时
在星期八
在十三月

Coffee&Wine

Monday-Sunday

10:00-03:00

可惜不是你

　　你一定听过两个版本的《可惜不是你》，一个是梁静茹唱的，一个是曹轩宾在"非同凡响"最后 PK 时唱的。一版是怨女遇人不淑，另一版是痴男被人离弃，孰好孰更好，相信男女分两边，感受摆中间。好坏且不论，但是曹轩宾的故事，却是从《可惜不是你》开始的。

　　当年，一首《可惜不是你》，由和林夕同出港大的才子李焯雄填词，搭档名不见经传的曹轩宾谱曲，因为情歌王后梁静茹的演唱，诠释出了所有失恋者的共鸣。这首歌曲一时红遍大江南北的大街小巷，在 KTV 和点播台里不断攀上榜首。曹轩宾，这位来自西安的才子，从小学习打击乐和钢琴，后来考进中央音乐学院学习打击乐，毕业后做流行音乐的幕后制作，据说他一早就写好了《可惜不是你》的曲子，本来也曾拿给别的歌手唱过，但都被认为演绎比较困难而遭到退稿，却没想到到了梁静茹那里，一下子被选中，进而大获成功。

沉潜十年之后，三十二岁的曹轩宾终于从幕后走到台前，从"非同凡响"到"歌声传奇"，一路扶摇，终于可以站上舞台唱自己的歌。他唱《可惜不是你》时，我想他心里一定有两个女人，一个是最爱的前任，另一个则是梁静茹。对梁静茹，他把《可惜不是你》唱成了《如果没有你》。他唱得用情用心，有不舍，有感激，有隐忍，有风尘，人生的坎坷隐隐起伏在情路的坎坷背后，并不沧桑的容颜下涂满了自知的冷暖，他的《可惜不是你》里，"你"不单是前任和梁静茹，更有人生无奈。一切语言说得再妙舌生花，都不如寂寂的预言，因为宿命难逃。所以情路上最痛苦的，不是没遇到爱的人，而是你爱的不爱你，刹那初见里虽电光石火，两情相悦中也臂弯呢喃，但渐渐发现再强大的爱也要败给时间，等到午夜时被一个梦拆穿，你发现自己没忘记那个人，而她却已走进别人的风景，你不得不接受成长的残忍。

回首故人故情，大喜大悲都是当年，你所能做的只能是试着让生活变得简单，对幸福或寂寞顺其自然，偶尔傻傻孤单，偶尔傻傻浪漫。感情的事，最难过的莫过于此，一个人要走，一个人要留，他那么爱她，在每一个细节和时刻里灌注最大的情意，但她还是要远走高飞，即使改变，努力改变，却也变不了预留的伏线，只能孤单时梦回往日，以为在你身边那也算永远。说到底，人不残忍，时间才最残忍，命运才最残忍。年轻的时候，总要拿大把的青春去奢侈，去荒唐，去华丽度日。即使爱得不明不白，也要爱得天昏地暗，即使对方千般不好，你也愿意付出万般柔情，因为那是青春，总要随心随性地爱那么一个人。而经过几段情路后，斑斑伤痕的我们学会顺其自然，学会不掏心掏肺，不得不为华屋豪车思量，不得不去对付来日方长，你学会了在几个人间穿行而过，有酒即醉，有欢皆爱，爱自己远远胜过爱别人。

坐在宝马车里，看到窗外踩着单车飘然而过的男生，你也许还记得当年那个他的模样，记得他爱谈天你爱笑，一起在马路牙子上肆无忌惮地吃冰淇淋打打闹闹，记得他初吻你时的惊慌失措和稚嫩的皮肤，你也许会失落会缅怀会长泪不止，可惜前排开车的那个男人不是他，但也仅仅是可惜，如果时光重新来过，该在你身上划过的痕迹一样划下，你还会那样抉择。

据说，很多电台音乐频道的主持人常遇到女生打电话来点《可惜不是你》送给前男友，在那几分钟的旋律中一边缅怀、一边惆怅，除了抚平一下失恋的伤痛结的痂，还感慨一下命运的捉弄遭的罪。我有一个"麦霸"朋友，每次去 KTV 都会唱这首歌，即使当着很多人的面也唱得无比投入，深情款款，尤其是唱到那句"仿佛还是昨天，可是昨天，已非常遥远，但闭上我双眼我还看得见"，历历往事，细节浮现，她的眼角甚至会渗出一颗硕大无朋的泪珠。不过，好在唱出来之后她的情愫就会释放出来，第二天依然对真爱充满憧憬，转身扑进汹涌澎湃的人潮，又马不停蹄地寻找她的 The One，但她也不知道究竟哪个才是她的 The One。

几年前，记得浙江卫视的最后一场"非同凡响"，在一对一终极 PK 时，曹轩宾说，要把这首歌送给所有在爱情里失去对方的人们。是啊，最好的时光都是不自知的，失去之后才会懂得它的好，我们爱过的人、用过心的爱在这样的歌声里，又一次活过来，但也只能是转瞬即逝，一瞬，仅仅是一瞬。还有后来的MV，他有一段独白："我终于了解，原来自己错过了那么多，曾经可以陪在你身边的时光，让你最终一点点失去了，对我们爱情的信心，想起这些比失去你，更让我心痛，如果选择离开我，能让你感觉快乐一点，我希望你不要回头，勇敢地往前走，如果可以让时间倒转，我一定会更加珍惜你，不会让这一切，变成，可惜。"

可惜的是，所有深刻都要以深情和深伤为代价，所有成长都来自承认和残忍，在岁月稀释情绪的浓淡、终于挣脱怨与恨之后，风轻云淡，没有谁还能骑着岁月和勇气的战马再杀个回马枪，只能是望着眼前人，念着心头人，抱着一句"可惜"追怀那段曾经。最可气的其实还是自己，那时如果再有勇气一些，再坚定一些，再抓着不放一些，再精诚所至一些，蹚过岁月的荆棘，也许就不会是"可惜不是你"和"如果没有你"，而是"至少还有你"了。

为爱走江湖

在一个本地恋都恋得千辛万苦、跌跌宕宕的年代，异地恋更没人看好了，也几乎没人能够接受。原因很简单，如果爱情里没有天涯若比邻，两情即使再久长，也经不住人性被撩拨，所以你不朝朝暮暮，他也会朝秦暮楚、朝三暮四。不过也不绝对，异地恋修成正果的虽然极少，三千年一开花，三千年一结果，但仍有那么几枝奇葩，估计是上辈子修来的宿世缘情。

我的一个同事，高中跟同班同学谈恋爱，后来去四川读大学，男朋友在湖南读书，四年里劳燕未分飞，靠着一年几次见面和电话短信维持了整个大学恋情，被我们视为奇迹。更奇迹的是，毕业后她去了广州，做了三年幼儿教师，而男朋友则为艺术梦想去了北京，就这样天南海北地相隔一方，靠鸿雁传书和候鸟奔波又维持了三年，她经受住了一个人在广州繁华里的孤单寂寞，他也经受住了一个人在北漂时的灯红酒绿，三年后她去了北京，七年之恋终于从天上落到了人间，现在他们马上准备结婚了。我想说，成功的异地恋我只见过这一对独秀，其余皆全军覆没，只当成爱情存在的现世证据吧，不是谁都能奢望如此美梦可以成真。

今天的爱情大概可以分为三种，一种是本地恋，一种是异地恋，第三种则是江湖恋。所谓江湖恋，是说两个人在遇到彼此之前，都在各自的领地里各领风骚三五年，工作固定了，朋友固定了，玩乐固定了，生活方式固定了，但为了爱，一方坚决到不管不顾，舍家丢业、抛朋弃友也要到另一方那里另起炉灶。上次，我在从成都到北京的飞机上遇到一位姑娘，北京人氏，才貌皆为可观，她在帝都长居二十六年，前段时间和一个成都小伙坠入爱河，为此她不惜辞职来成都客居三月，为爱郎动情了，为成都的风物市井动情了，现在她要为爱走江湖，要搬去成都了。姑娘说话时，语气之坚定，言辞之凿凿，憧憬之神往，

126

兼有理性分析和感性描述，甚至让我也不免动了为哪个姑娘走江湖的心思，但我还是果断撤回脑细胞，没放任地让自己想象下去。我心里想，姑娘啊姑娘，我倒要看看几年之后你会是什么样的境况——并非咒她！

异地恋固然不是办法，但是江湖恋也未必能修成正果。想想看，为了一个人，离开一座城，前往一座城，对自己是勇气，对对方是压力，把自己所有的未来都押宝到爱情身上，对方未必承受得起，即使勉为其难承受，爱与被爱也未必成正比，而且你总会觉得他爱得不够，觉得跟你的付出不成比例，这时候就不单单是爱情的问题了，而是你对爱情的感受出了问题。

阿兰·德波顿说，女人爱上男人，与其说爱上男人，不如说是爱上了爱情本身；与其说爱上了爱情本身，不如说爱上了浪漫的感觉。江湖恋，就是女人在心底自造的一种浪漫，她未必是被男人打动了，而是被自己的多情和浪漫打动了，在爱情里有一种情不自禁的自我拔高，被自己的伟大绑架了。我们都说男人是下半身动物，荷尔蒙和脑容量成反比，其实女人置身于一场高密度的情感中时，分泌出的荷尔蒙一点也不比男人少，只是流向不一样，男人是把荷尔蒙注入了下半身，而女人是把荷尔蒙涌到了上半身，是一种形而上的"情感荷尔蒙"。

　　而事实上，江湖恋恋到最后，你会发现恋不见了，江湖还在。等到所有激情都烧够，所有风景都看透，你未必就会陪他看细水长流，更有可能的是他先不陪你看细水长流，而是躲在你对他的大爱中另劈一腿或多腿，"女要富养，男要穷养"的另一层意思，是对男人的爱也要穷也要寡，因为男性本贱，富足的爱情只会滋生他的骄奢，只有爱的残汤剩水才能让他永远吃不饱，永远对你饥饿。姑娘们若不明白这层道理，轰轰烈烈爱下去，将爱情进行到底，对他爱不完，那么某一天就会发现他的逃离。你们的爱情，慢慢枯萎成人性，血肉尽失，只有道理漫天飞。为爱走过江湖的女人们，最后还是从哪里来回到哪里去。多年后，江湖上荡起一个爱情侠女的传说，而你却已远离江湖多年。红尘里，美梦有多少方向，找痴痴梦幻的心爱，路随人茫茫，到头来三山跑遍、五岳归来，爱人不见了，只有沧桑和风霜。

　　当年，徐克拍完《龙门飞甲》，李连杰、周迅、陈坤、李宇春等一票主创为片子站台，说起武侠江湖里藏着掖着不显山不露水的爱情。在电影中，李连杰和周迅演一对前情未了的情侣，余味绕梁，然而相逢何必曾相识。周迅说："我们的感情藏得比较深，只有我们自己才懂，在演的时候像朋友，言语之间有感情。最后结尾离开时就说了三个字'就这样'，言语简单，反而蕴含了太多复杂的感情在里面。"李连杰也说："这段感情，说的是侠客的心态，我扮演的侠客不希望组建一个家庭，而是希望随时可以行走江湖，越有爱就越要躲。"而另一对情侣，李宇春对陈坤的情感也藏得很深。除了出演大反派之外，陈坤饰演的另一个角色"风里刀"是个精明又花心的江湖油子，既招桂纶镁，又惹范晓萱，还跟李宇春在一起。李宇春还是第一次演感情戏，她说："两人从小一起长大，风里刀的臭毛病顾少棠都知道，但又很爱他，两人始终不能在一起，处于藕断丝连的状态。"在戏外，无论周迅也好，李宇春也好，在情路上都爱得痴痴缠缠、水深浪阔，反而在戏内爱得聪明了、隐忍了，真是当局时迷、旁观时清。江湖里的爱，在江湖之外都说得很轻松，一语中的、一针见血，一旦我们身为江湖中的一员，却一样一个猛子扎下去不见了踪影，不要说她们，每个女人差不多都一样。

多年前，任贤齐出过一个《为爱走天涯》的专辑，任小哥尽管貌不惊人，但是却唱得句句惊心。记得有一句是这样，"爱也罢恨也罢算了吧，问天涯望断了天涯，赢得了天下输了她"，这是说男人；还有一句，"走也罢留也罢错了吗，今天涯明天又天涯，狠狠一巴掌忘了吧"，这是说女人。我多想哪一天再遇到那位姑娘时，能把这盘专辑悄悄送给她。

男人的敌人

　　二〇一二年五月十八日，历史上最伟大的足球教练之一马塞洛·里皮来到了广州，成为恒大足球队的主教练。那天，里皮放出豪言说："我的到来，是中国今天最重要的事情。"今天的男人，像里皮这样有豪胆的不多了，没有哪个男人敢对自己的女人说"我的到来是你一生中最重要的事"，因为他没有豪情，更没有豪言的资本。对于里皮来说，这个曾经的足球运动员，在年轻的时候也肯定有过拈花惹草的想法，但里皮是个聪明人，他老婆西蒙内塔也是个聪明人，她帮里皮把这些想法发泄到足球里去了。

　　今天的里皮，一头银发，喜欢古巴小雪茄，虽然已经是六十五岁的老头子了，依然还是一副仪表堂堂的样子。潇洒倜傥、外貌酷似保罗·纽曼的他，做派完全不输给格利高里·派克、亨弗莱·鲍嘉这样的好莱坞巨星，这个老头子是意大利女人公认的最有魅力的男性之一，即便是曼联主帅的弗格森老爵爷，对里皮帅气的外貌也深感嫉妒。作为意大利足球战功卓著的教练，他因智谋被称为"银狐"。里皮作为教练的威名，已经不需赘述，相信无论男女都有所耳闻，我想说的是他跟女人的事，顺便说说他跟球的事。事实上，里皮是一个绝顶好男人，他无论是在球员时代，还是在大牌教练生涯中，从来都没有传出过绯闻。即使到今天，里皮不远万里来到广州执教，每天也要和妻子儿女视频一番，以慰劳独在异乡为异客的自己。

里皮的情事，要追溯到二十世纪七十年代。他十六岁时就孤身前往桑普多利亚青年队，九年后的夏天，贾尼撮合了这段姻缘，他将十八岁的女儿西蒙内塔介绍给二十五岁的里皮，两人迅速陷入爱河，一年后便登记结婚。婚后西蒙内塔辞掉海运贸易经纪人的工作，做一个全职太太。西蒙内塔辞去了颇有前途的职业，全力打理家庭事务，让里皮可以心无旁骛地执教，并且最终成为全世界范围内最成功的教练之一。作为一个男人，除了足球，里皮没有太多爱好，只有抽雪茄和出海钓鱼。对于这些，西蒙内塔给予理解。里皮年轻时就喜欢抽烟，曾有一天抽三十五根烟的纪录，后来他虽然患上支气管炎，但依然继续抽烟。一九九四年入主尤文图斯后改抽雪茄，一天抽五根左右。西蒙内塔从没有阻止过里皮抽烟，只是设置了一道禁令——在抽烟时远离孩子。里皮喜欢在海边散步，喜欢垂钓，而其他时间全都花在钻研足球上了，在他意大利的家里，堆满了成千上万的足球录像带，那是他的百宝箱，也是一个禁区，不许别人碰，西蒙内塔连数都不敢数。顺便一说的是，里皮的女儿斯特法尼亚，虽然按照里皮的意思，在巴塞罗那大学读完了经济管理专业，但后来却不顾里皮的反对，成了一名足球宝贝，还曾一度是意大利前锋因扎吉的女友，后来她退出了娱乐圈，生儿育女并做起烟草生意，正因为闺女经营着烟草公司，所以里皮从不缺雪茄。来广州执教的时候，他的雪茄都是一箱箱带来的。

其实，女人要想拴住男人，一定不要只在自己身上下功夫，也一定不要在限制男人的野心和癖好上下功夫，那只会让男人离你越来越远，聪明的女人如西蒙内塔，她们知道自己的敌人是男人和岁月。男人如马，是马就一定要放养，而不能圈起来养，而且马无夜草不肥，里皮的放养之地是足球，他的夜草是雪茄和钓鱼。其实，聪明的男人也很明白，自己的敌人也是男人和岁月，洞察世界如里皮者，肯定知道自己有大欲在身，关键是他怎么转嫁和释放这种欲望，把人性层层叠叠积累在岁月里的兽性驯服成有用的东西。他找到了自己的方式——足球，无论是踢球还是教练，都直通心中大欲。

看过里皮现场指挥的人都知道，他最擅长的一招就是中场调整，上半场的恒大和下半场的恒大几乎就像两支球队。里皮最厉害的地方也就在这里，他非常善于发现问题，善于在战术和布置上做出精妙的临时调整。他虽然脸上总是一副无奈的表情，但实际上早已是胸有丘壑了，先与对手周旋四十五分钟，下半场突然发力，组合出一个在中超无人敢惹的"下半场的恒大"。从里皮的人生来看他的指挥战略，可以这样说，里皮是先调整好自己，而后才调整好球队。作为一个男人，作为一个雄性气概无比浓烈的男人，他对心中的大欲——无论是身体的还是野心的，都有着切实的感受，但是他总能像李冰治水一样，因势利导，顺势而为，把几个石人沉到欲望的横流之中，导引着咆哮的激浪来到千里沃野和真正的战场。

聪明的男人，会把欲望转移到事业和爱好上；而蠢笨的男人，则会把欲望转移到一个又一个女人上。聪明的女人，会帮助男人去转移这种原始欲望；而蠢笨的女人，则会直接去勾引男人的这种欲望。聪明的男人遇到聪明的女人是正正得正，蠢笨的男人遇到蠢笨的女人是"负负得负"。所以我说，里皮没有敌人，在中超没有，在亚冠没有，在欧冠和世界杯也没有，因为里皮的敌人是自己、是岁月，而他早已胜利了！

冷暴力

多年前，有人给我介绍过一个女朋友。见面寒暄，落座长谈，那女孩劈头就问我："你会不会莫名其妙地消失？会不会不明不白地不联系？"这话问得让我不知从何说起。后来聊天才晓得，她之前谈过两个男朋友，一开始都相处得还不错，男欢女爱，柔情蜜意，着实温存了一段。但半年后都变得不咸不淡、若即若离，后来干脆就悄无声息地消失了，打电话过去不是在出差就是没人接。一朝被蛇咬，十年怕井绳。所以姑娘学精了，开头就亮底牌。

事实上，很多人爱着爱着都会出现这一幕，他说：我们掰了吧！她问：为什么？男方低头、沉默、冷，于是她说：那好吧，掰了吧！各自掉头，两不相见，彼此消失在茫茫人海。这其实是一种冷暴力，情感的暴力。他虽然不主动说离开你，然而却对你冷淡、轻视、放任、疏远和漠不关心，不回你的短信，不接你的电话，他要用冷、躲、藏去打败你，逼得你抓耳挠腮、歇斯底里，最后他不吭不哈，要你出来收拾残局。冷暴力有几个阶段，首先是他开始变得很忙，不再像以前挤海绵里的水一样抽空陪你；然后你受不了开始质问，他会找出各种理由搪塞；到最后是你不主动联系他，他也不联系你。经过这三个步骤，你开始提出分手，他对你逐渐回暖，当你以为失而复得的时候，他又开始第二轮的玩失踪，然后你基本疯掉，茶饭不思，呼天抢地，最后你哀莫大于心死，提出分手，他半推半就，于是彻底分开。

从本质上来说，他之所以会有这种冷暴力，是因为对你没有新鲜感了、玩腻了，想分手但还不想承担分手的责任，于是故意冷落你疏远你，让你最后忍受不了自己提出来，造成一种他是被动接受的假象，把不道德的帽子退给你。这是一种极度自私的行为，是人格深处的缺陷。

小时候，我们都玩过一种打陀螺的游戏，在墨水瓶口焊一个玻璃珠，用绳子缠绕了转起来，然后一鞭一鞭地抽打，你抽打得越厉害，陀螺转得越快，当你不抽打的时候，陀螺因为缺少动力会慢慢停下来，最后歪倒在地。爱情也是这样，没有他来你不会往，他越热你才会越爱，他慢下来你也会冷下来，最后他转身走了，你也不转了。所以爱到最后，总会有一个人要先走，总有一个人不会去挽留。很多人都有这样的经历，软刀子杀人不见血，却会造成你心中最深沉隐痛的伤，越是不激烈的分手，越是让你心有不甘不服不明白。女人天生没有安全感，所以一直都要寻找确定的东西，即使分手也要找个可以接受的理由。相反，在爱情冷暴力中，男人一般都匿影藏形，丝毫不露道德的马脚，所以你会一路较真儿下去。

碰上爱的冷暴力，看透的女人才不会这样，因为她知道不值得去思虑到底，你对她冷她对你更冷，而且一冷到底，把暴力男从此冰封下去，而不像很多女孩子，对没有理由的分手不接受，非要弄个水落石出、一清二白，鱼死了网破了看到棺材落泪了，才会相信他不爱我。

当看破一切的时候，你会发现失去其实比拥有更值得拥有。情路如乱世，你要卧薪尝胆，学学人家柳岩，"泼我冷水的人，我会烧开了还给你们"。对你来说，在他的冷暴力一绽放火花的时候，你就要及时撒泡尿浇灭它，果断分手，不再回头，离开暴力男，换个热脸男，这就是烧开了水还给他。就像莫文蔚《阴天》里唱的："感情不就是你情我愿，最好爱恨扯平两不相欠。感情说穿了就是一个人挣脱，一个人去捡，男人大可不必百口莫辩，女人也无须楚楚可怜。分开了，只能说，那几年你们没有缘！"

女人就是相信缘还想要分，开过花还奢望结果，所以不甘，却不明白有始有终有跌宕有高潮的那是电影，有缘无分才是常态。对着冷暴力要道理，那只是错用力，到头来害不了别人只会贻误自己。烟花易冷，昙花易灭，你瞪大眼睛分清楚，哪个是过客，哪个是归人！

最初的芝麻，最后的西瓜

　　无数女人都在选男人，都在为选男人瞅来瞅去，也愁来愁去。但是，到底什么样的男人才可以称之为男人？范爷——范冰冰下过一个定义，简约而不简单："我有个父亲，还有个年幼的弟弟。二者年龄之间的，大概就应该被称为男人。"可惜爱情这个网网眼很小，虽然被网住的男人很多，却未必每一个都是真男人，也未必就是适合你的男人。所以女人们寻寻觅觅，捡西瓜的捡西瓜，捡芝麻的捡芝麻，反正各有所爱，各骑自己那匹白马，最后十七岁的林靖恩找到了五十七岁的李坤成，二十八岁的翁帆找到了八十二岁的杨振宁，三十二岁的马伊琍找到了二十四岁的文章。

男人选女人，要妻不要货，吃喝玩乐的那是货，同甘共苦的才是妻。女人选男人，何尝也不是如此？女人要的不是钱，更不是权，也不是世界。一句话，她们要的是没钱的时候一分钱难不倒的英雄汉，是有钱的时候钱什么也不算的男子汉。好男人，应该在性情里有一种疏密有致的张力，能拥有，也能放下，能把女人当女人，也能把自己当男人。人潮如海，男人如浪。好女人端坐在海岸线上，望夫前来，她不会以为往前一步就是幸福，往后一步就是孤独，她的男人她要等，而不是去勾。没有好的伞，她宁愿淋雨；没有合脚的鞋，她宁愿赤足。爱的荒年，即使颗粒无收，聪明的女人宁愿被爱饿死，也不会去乞食。

范爷阅男无数，据说她写过一封给全天下男人的信，说出了选男人的一半标准。

男人：

　　你们好，见字如面。

　　我有个父亲，还有个年幼的弟弟。二者年龄之间的，大概就应该被称为男人。

我理想中的你们是胸怀宽广的，具有字典或百度知道一样的学识和不多说话的幽默感。幽默并不是贫嘴。这其中的分寸需要你们好好把握。还有你们应该待人诚恳，起码应该比女孩更宽广。我也希望你们有故事，不是白开水。最重要的，我认为你们应该有些勇气。这些勇气可能是日常生活中完全看不出来的，但到了关键时刻你们应该有所担当。

　　我演过杨贵妃，杨贵妃的爱人唐明皇身为一国之君，又多才多艺，我觉得是很浪漫的男人。有人说唐明皇最终背叛了他的爱人，我不这样认为。面对爱情，两个人都会害怕，杨贵妃是一个为爱付出的人，她知道爱情的宿命，她愿意用生命做代价。而唐明皇在失去爱人之后只能生活在追忆中，他更痛苦，他的生活是黑白的。我想他们两个人都做到了尊重爱情，并为彼此真诚付出，这是我在爱情中想要得到的。

　　当然，你们会说"生活与戏剧不一样"，我同意，男人为爱去死，这在现实中确实令人心惊胆战。我不认为爱情是百分之百重要的东西，至于婚姻，结婚对我来说是爱情的结束和生活的开始。婚姻意味着一个人将自己交到另一个人的手中，这有点恐怖。我目前恐惧婚姻，也许你们中间的某个人会治好这种恐惧。

不过我不为此焦虑。事业，爱情，家庭，这是每个现代女孩都必须面对的选择。我认识许多优秀的同性，她们能够将每一个社会角色都扮演得非常出色。为自己生活，也为别人生活，这是我愿意与你们分享的信条。

你们不觉得中国男人把"面子"看得过分重要吗？这也许是历史遗留问题吧。我希望你们放松一点儿，也实际一点儿，对自己再诚恳一点儿，用健康的态度去生活。对于你们之中的已婚者，我的建议是：守好眼前的幸福。而对于未婚者，我觉得你们不需要建议，因为你们面对着无限种可能性。

我和你们中的每个人一样，正在慢慢成长，慢慢变化，以前坚信的一些东西在动摇，我想这很可怕。

其实，虽然我自认是个独立、自立、习惯照顾别人的人，我还是期待能够得到一些来自你们的指引。

也许作为我，并没有什么办法对你们指手画脚。

我的最后一句话是：要对得起自己。

范冰冰敬上

跟范爷的理想主义不同，小S信奉的是实用主义："挑男人没别的，就是要疼你，任他再有钱、再有才华、再帅、口才再好、智慧再高、能力再强、孝顺感动天、大爱助众生，不疼你，一点屁用都没有！"选男人最好的标准，就是范爷的理想主义再加上小S的实用主义。光有理想会饿死人，光有钱则会撑死人，最好的是大英雄能本色，富贵里能游弋，贫素里也能自若。所以钱不是关键，人才是。选玉看料，看人看本。一个有钱的男人，在面对钱和性情的时候能选性情，那你就选他；一个没钱的男人，在有钱了后还能不失却性情，那你就选他。

这样的男人有个现成例子：李敖。我抬出他来，你们可能不以为然，风流李夫子，浪名天下闻，但他确实满足这两重标准。

一九八〇年八月二十八日，在刚结婚三个月之后李敖与胡茵梦离婚。李敖在离婚声明里说：

1. 罗马恺撒大帝在被朋友和敌人行刺的时候，他武功过人，拔剑抵抗。但当他发现在攻击他的人群里，有他心爱之人布鲁塔斯的时候，他对布鲁塔斯说："怎么还有你，布鲁塔斯？"于是他宁愿被杀，不再抵抗；

2. 胡茵梦是我心爱的人，对她，我不抵抗；

3. 我现在宣布我同胡茵梦离婚。对这一婚姻的失败错全在我，胡茵梦没错；

4. 我现在签好离婚文件，请原来的证婚人孟祥柯先生送请胡茵梦签字；

5. 由于我的离去，我祝福胡茵梦永远美丽，不再哀愁。

虽然李敖多情成性，风流无度，但是我觉得胡茵梦并没有选错人，这三个月的婚姻非常值得，因为于她，李敖算得上一个真男人，他心中有剑也有花，会挣钱也会攒性情。一个只会为女人拔剑的男人是勇夫，却算不上情夫；一个只会为女人买花的男人是浪夫，却算不上丈夫。李敖不只是吴三桂，也不只是西门庆，他是胡茵梦的唐明皇！

所以，无论你找谁，你得保证你找到的值得你找。否则终有一天晴天霹雳一声响，你发现自己一头撞到南墙上。世界那么大，男人那么多，你得睁大眼睛看，虽然你无法掌握谁会出现在你的生活里，但是你能决定谁会出现在你的生命里。

有烟火气的女子

八卦一句，这么多年来，你知道吴征、杨澜为什么和睦如初吗——至少是表面上？吴征的假文凭、绯闻满天飞，杨澜不闻不问，不吭不响，谣言、流言、毒言都至于她，又都止于她，在她那里，永远是牵情儿女风前烛，给孩子做饭洗衣，给丈夫熨烫收拾，名满天下如杨澜，依然是为人母、为人妇，持己持家，尽她应尽的本分所在。女人，永远都是女人，纵使红颜惊世、才大过天，一样有其本分的所在。所以你看柏芝嫁霆锋，要跪着给拉姑、四哥奉茶，嘉欣进许家豪门，要恪守八大家规，自古莫不如此。

我与杨澜，不熟悉，不相识，仅仅有过一面之缘。有一次

149

她在八一厂录影棚，录完片子走出来，略施粉黛，莞尔一笑，雍容而不失礼。她是既有天下的女人心，又不失她的本色和本心。她作为女人，就和出身绍兴没落书香门第，裹了一半小脚的外婆一样，和出身上海小家庭的母亲一样，钱多钱少，女人的规矩一样也不少，相夫教子，持己持家，从那样的家世家教里走出来，一路深稳，结结实实。所以老公传绯闻，她不惊不乍不卑不亢，你说她爱惜羽毛也好，聪明精明也好，不然又能怎么样？生气、吵架、闹离婚？

自古至今，都有男人自顾自在外花天酒地、流荡裙锋，女人也大多是睁一只眼闭一只眼，即使逮个正着，赌气、闹气、发脾气，节烈者也不过离婚一途，又能怎样？而女人，在男人的千古车马道上，一旦稍有游离，下场非残即惨。所以你看霆锋能原谅柏芝，朝伟能大度嘉玲，说老实话，我未必能做到，所以很受感动。天下男人难有天下胸怀，能像谢霆锋、梁朝伟者能有几？张柏芝和刘嘉玲算是好年月遇到了好男人。刘嘉玲，这个昔日南下香港的苏州妹，被讥笑，被围观，慢慢成长，慢慢成名，大是大非，大喜大悲，人生翻滚如浪，镁光灯前装也装过，镁光灯后混也混过，皆算不得什么，铅华年月，人都是人，谁还没一点欲恨情仇，太阳底下，再大的明星都是凡人。

　　而我偏爱刘嘉玲，也是因为她是个慷慨的女人，为人处世响亮节烈，多有性情豪气做派。于自家男人，她更是大度到没有自己，就像她在《无间道》里说的那样："男人好，我做什么都行！"光阴几度，良人良妇。当年的小生佳人也步入殿堂，再出来，便开始被唤作梁生梁太。他们在不丹结婚，那个地方也真是选得好，一个好像还是古代的南亚小国，没有麦当劳，没有肯德基，没有红绿灯，原始，简朴，干净，传统，正好洗一洗这对香港名利场男女的铅华。婚后，刘嘉玲感慨道，梁朝伟就像她儿子。其实哪个男人在女人面前不像儿子？事实上，一个好男人在女人面前会有多重角色，是老公，是情人，是朋友，是父亲，也是儿子。

　　如今的女孩子大都喜欢成熟的男人，喜欢大叔，但结果找到的男人却相反。这也成之有因，在本能面前，在本色面前，愈是强大的男人愈像个动物，睡觉时，吃饭时，困顿时，皆凡相毕露，俗心自表，也因此更让女人心生慈悲。

人们常说，要想拴住男人的心，就要先拴住男人的胃。沈星就深谙此道，长了那么一副好容貌，谋了这么一个好职业，嫁了那么一个好人家，你说，她怎么还那么爱做饭？一辈子都能保姆厨子伺候，还非得切菜下锅亲力亲为，这纵是节目需要，但更是一种女人心，女人为男人做饭，天经地义却又深情款款，女人的一顿饭就是男人闯世界的原点。女人，妖艳了绝非好事，单靠脸皮子、眼皮子、嘴皮子终究行不到头，非烟火养不大，非柴米养不久，富商大贾的掌珠，世家望族的名媛，烟视媚行，俏净如狐，倒还不如闾巷里市井人家的女儿。

所以，你看那些台湾女子，即使是出身大家或大贾，有权有势，有财有贵，但也绝不外露，依然一副小康人家的女儿相。实话说，我最爱的就是她们身上那股子烟火气，有根，有家，富也许不一定有多富，然而一定是有很淡很淡的那种贵。在小S的一众姐妹淘中，阿雅闹，吴佩慈艳，范晓萱哆，唯有范玮琪气质出落得与众不同，说得木讷，笑得矜持，像个傻大姐，但却真的非常好！这个从小喜欢看书的女子，洛杉矶念哲学，哈佛大学读经济，唱歌成名后，范妈妈教她"头过身体过""有土才有财"，她便置地建屋、起家立业，稳稳当当地过起了日子。她和黑人陈建州在一起，也真是般配，让人想不到邪，也想不到欲，而她唱《那些花儿》，唱得也慈悲有力，九曲回肠。

很多年前，我经常跑到西南、云贵、两广的乡下去玩。那时候，我经常会在小镇子小村子里看到那样的女孩子——现在是不多见了吧，在溪头河边的古桥下面，她们汲水洗衣、浆浆染染、缝缝补补，再或者就是在山路上村头前一晃而过她们打草背柴的影子。这样的女孩子，即使是一脸一身村姑村妇的相貌，出身贫寒，衣着简单，但是你看到她们，却能顿时感觉到人生的水远山长、深厚安稳，你会想起苏轼的朝云、曹操的侍妾，到底是柴米油盐、家常日子里的女子最贴心。像这样的女儿家，现在也都走出深山寡村，走到都市里去了，身上穿的、平时用的也都向城里人看齐了吧——或者已经洗尽身上的烟火气成了一名城里人吧？再见到她们时，她们笑笑，你也笑笑，但是你的心头怎么都弥漫着一种既说不出又散不尽的酸楚。

灿烂为始，枯萎为终

爱情这个东西，其实很可能没有你我想的那么伟大。就像有个刚过完金婚的欧洲老头，有人问他——你怎么那么喜欢一起生活了六十年的老婆？老头想了下说，我只是追她时喜欢过几个月，之后的六十年里只是不讨厌、不恨她而已。老头很诚实，也讲出了世间所有惊天地、泣鬼神的恋情，它们总是以灿烂开花为始，以枯萎结果为终。他说的是一个根本性的规律。

事实上，几个月几年时间的恋爱，在我们一辈子中可能连几百几十分之一的比例都占不到，既然不能做到时时喜欢，那么能做到不讨厌、不憎恨也很不错了。日常中的大部分时间，都不是对彼此的喜欢或厌倦这样的情绪，而是平淡、习惯甚至麻木，我们要面对的更多是生活，而不是彼此。我记得二〇一二年的某一天，艾明雅到北京给她的新书《思凡》做签名，十二在一旁问我："林东林，女人为你做饭你会洗碗吗？"我一字一顿地回答她："那要视她的美貌程度而定，美一分则会多洗一只，逊一分则会少洗一只。"我是这么说的，心里也是这么想的。说句玩笑话，洞察人性至深至透如我者，尚不能逃出人性的幽深，不能摆脱生理学和美貌学的官能控制，犹可想见酒囊饭袋之徒了。有些东西是男人骨子里的——还不是骨子里，而是骨灰里的，野火三丈烧不尽。

　　我还记得，那是一年之中北京城最冷的一个周末。艾明雅和毛毛从长沙飞来做签售——说实话，初见毛毛时我还真不相信那就是她的老公，一个五大三粗的湖南汉子，头发蓬乱，胡子拉碴，一身棉衣敞开着胸，一手夹着芙蓉王。一整天里，艾明雅和他从早到晚旁若无人地调情，互喂咖啡和鸡爪，老公老婆地腻歪，互相整理围巾大衣，牵着手消失在北京城寒冷的夜色之中，我竟有一种惆怅，从未有过的惆怅。晚上回到家时，我暗自思忖，我这到底是怎么了？是为艾明雅的红唇惋惜吗？

还是为我们这样的才子失落？在基本排除了我被艾明雅的美色和妩媚捕获之外，我终于想到了一个原因，那就是我以及我这样的所谓才子们的世界里，实在是太缺少他们俩那样的市井式的甜蜜——也就是说，我们缺少狗粮。

在一个单调的文字砖块搭建起来的城堡中，张爱玲们是公主，我们宛若王子，都端坐在中央受众人崇拜如仪，其实心中却都在向往着潘金莲打开窗子撑杆打到楼下的西门庆，需要一种打破、一种市井的生动。所以，当我看到艾明雅心甘情愿地被毛毛掳去，我的心虽然也跟着去了，但是如果刨根问底，你问我到底是什么捕获了我，我想还不是他们俩——也不是红唇烈焰的艾明雅，而是活色生香的生活本身捕获了我，是人之为人的思凡和春心捕获了我。世间男女中的每一个人，都有向往生活本身的权利，都有被生活捕获不做英雄和贞洁烈女的权利。

今天，我们的生活能力普遍下降了，我们走出故土和老家时尚且年幼，远不能继承父母一辈的生活态度和方式，等我们奔赴北上广的灯红酒绿，我们模仿和建立起来的却是另一种生活。在都市中，我们学会看电影、听音乐、品红酒、旅行，但这是西方人的、都市社会的、一般人看来高级的生活方式，却不是中国人本来的生活，最中国人的生活，是回到郊区或者乡下，起一座带院子的房子，种点花草，去菜市场转转，看看书，打打麻将，闲话家常。

和艾明雅聊天，我喜欢听她说长沙的市井生活，那种打麻将、足底按摩、逛街、吃香喝辣、消夜、喝酒、嚼槟榔，是一种鲜活逼真的享受，是它们培养了长沙的市井精神和娱乐精神。与长沙相比，成都的俗世生活也很迷人，然而成都是相对内敛的、回归的，长沙却是盛放的、外向的。比如，同样是打麻将，成都人是拉几个邻居围坐在家中打，长沙人打麻将则是万人空巷，大家都跑去麻将馆里打，他们享受的不是麻将，而是周遭的热闹和繁华。

二十岁的小姑娘谈起恋爱来"男人是天，感情是地，我的眼里只有你"，三十岁的女人曾经沧海之后，开始知道"天还是天，雨还是雨，我的伞下不再有你"。生活开始以一种复合的、多调性的姿态扑面而来，而这时候的你，要做的就是如鱼之入水、燕之翔空，再不能被二十岁的情感经验和态度绑架了，男人只是身边的一处风景，如此而已。

秦可卿告诉我们的是，到底是情可轻。所有一见钟情，事后证明都不过是一见钟性，所有的海誓山盟，到头来都不过是山裂海崩，你痴心痴情想抓住一生一世不放的恋爱，就像入海的泥牛、过江的泥菩萨、被打烂的泥塑一样，风萧萧兮易水寒，男人一去兮不复返。通透了这些之后，女人就不能再以美治天下，以情治天下，以男人治天下，而是把形而上的心形而下起来，去市井生活里寻找一种安稳厚实的力量，到日子中寻找一种安静缓慢的滋味，以柴米油盐娱人娱己，以衣食住行住念住心，用这些来对抗和缓冲情感的不确定性。

在这些家长里短之外，作为女人，如果再能闲时翻翻书，偶尔再来一点琴棋之雅和经史之谋，那就是女中之凤了。写到这里我突然想起来，那天艾明雅把她咖啡里的那颗心，送给她那胡子拉碴、一身芙蓉王烟味的毛毛老公了，她的烈焰红唇被如此草莽不羁的汉子俘获，我的心又开始一半喜悦一半疼痛起来……

最好的日常夫妻

　　有人说：一为文人，便无足观，文官之显赫，在官而不在文。这话说得咬牙切齿，好不解恨，想必李后主、宋徽宗听了难免无地自容。但这文人的说辞却又很含糊，按某种感觉而言，想必应该有填词作曲的、有画画的、有写字的、有作文写诗的，还有赶考落第的，却不晓得有没有才子。才子是个什么东西？沈复是江南才子，字三白，既生在衣冠之家又生在苏州沧浪亭，可谓双料的江南才子。不过虽是才子，却非达官，亦非名士，生前并不为人知，逝后也寂寂无人问，没有了他，岁月依旧浪静风平，谁也不会觉得少了什么，但他却在那么多文人墨客中斜刺出来。此君虽生于书香门第，却也经传不见其名，不事科举，而是随父或设馆或幕僚，先是小康之家，优游自在，尔后父子失和，颠沛流离。在潦倒无奈之际，为了微薄小利，还赴岭南贩过酒做过生意。丧妻逝父之后，度日更得烦劳友朋接济，暮年时来运转，这才做了石琢堂的幕僚，总算熬到了几天出头之日，还曾作为随从出使过琉球国。

沈复平生留下来的唯一文墨，是其自传《浮生六记》，写成之后手稿多有辗转，几被湮没。若不是贡生杨苏补于冷摊购得，并于光绪三年付梓，后辈恐无人知晓世上曾有沈三白其人其事。民国十三年，俞平伯整理标点，首次以单行本印行，三十年代林语堂又把该书译成英文。靠了三位的功劳和举识，一代才子才终被打捞出土。出土是出土了，虽然重见了天日，也博得一伙儿人喜欢，但却不入文学史的流。因文不载道，亦不载志，于是只合在旧书铺地摊混混，终难登大雅之堂。比较起来，似乎同样是无足观的命。说沈复是才子，其实他也就写了几首诗，画了几幅画，当了几天私塾先生和师爷，游山玩水走过一遭，但这样的人，几千年来何其多，大江南北何其多，并无十分稀奇。稀奇的是，那么多先生师爷，那么多乐山乐水者，却只有沈复写出了个《浮生六记》，倒不见谁还有"浮生七记""浮生八记"。

　　《浮生六记》，从书名而言应有六篇才对，其实不然，出土之时便只有四记，分为"闺房记乐""闲情记趣""坎坷记愁""浪游记快"。"闺房记乐"看似风月，读来却不伤雅致，反惹人心生艳羡，句句皆心声，事事皆真情，内容兼文字皆清净明了，言已尽而意尚远。"闲情记趣"记闲情逸趣，情是闲情，趣是野趣，物是身外之物，但却一点不觉得有玩物丧志的诸般狎猥。"坎坷记愁"记父子失和，记颠沛流离，记妻丧父逝，读之有如读《水浒》，天下坎坷，世道艰难，眼看山穷水尽，但亦会有天上人间的慈悲。"浪游记快"写风物胜景，写古寺深山，写绩溪城，写黄鹤楼，写赤壁，抒胸畅怀，感慨万千。书中各篇，均以一字点睛，即所谓"乐""趣""愁""快"，"六记"是名不副实了，但是偏偏坊间有好事者，费尽心机伪作两记去补沈公子的缺，然而旨趣文字皆不伦不类，高下一眼立判，倒可付与谈资一笑。

　　历来读中国文学者，皆以读沈三白《浮生六记》为幸，我亦如是。但是我生平最怕读充满了刻薄和怨恨的古代笑话，如《儒林外史》，又如《孽海花》，本来想认真表达些什么，却往往出言不逊，难得一份平常心，也难得一份平常情。《浮生六记》的可爱，就可爱在沈复总能从凡尘琐碎之中发掘出一股子情趣与意味来，一花一天堂，一沙一世界，柴米油盐是柴米油盐，但又不尽然是，尘寰俗事里亦有着人世的繁华与炎凉。漫想沈三白一生，虽然是一介才子，其实倒也蛮贫寒颠沛的，没有功名，没有利禄，却是个才多情真的良人，能诗文，好书画，工花卉，善游历，重信义。读书人，大概都有这类艺术人生的倾向吧，这也是他们应付艰辛世事的手段，因了那份尘世里的活泼和创造力，多少的人间苦难，都化作笔端的因果报应。然而，沈复陈芸这等恩爱夫妻不到头，世事蹉跎流转的浮生遭际，只不过平白叙述，娓娓道来，不曾惊于波澜，更不曾奇于跌宕，却竟然叫芸芸众生这般向往留恋。

他们的生活虽然清苦，但是清苦中过得有滋有味，在粗茶淡饭和柴米油盐中自得其乐，也喝酒，也饮茶，夫妻之间还会猜拳行令，百无禁忌，全然没有妇道的什么束缚，只是简简单单的人世夫妻而已。在最朴素的家长里短中，他们过出了不一样的浪漫和烂漫，过成了市井人间里的一个天子、一个皇后。原来长生殿里的浪漫，除了贵为天子的唐明皇之外，还有个一介寒士的沈三白；原来除了哭哭啼啼的杨玉环之外，中国女人还有个陈芸这等可羡可叹的角色。他们在布衣寒士的生活中过出了平凡的贵气。

林语堂说，《浮生六记》里的陈芸是中国最好的女人。这话于我心有戚戚焉，到底是今天富贵豪奢的生活养不出这样的女人来。

你有没有一个洛丽塔

是不是男人不好玩，年老的男人才更有魅力？贵族不好玩，没落的贵族才更吸引人？

你看网上网下萝莉们对大叔肆无忌惮地示爱，足以说明忘年恋在这个时代正进行得如火如荼、如痴如醉。与《洛丽塔》一样，还有一本书叫《米兰之恋》，也是一段忘年之恋，又是一段不伦之恋，只不过是段单相思的忘年不伦之恋。都是老男人，都是老贵族，都是小萝莉，都是娇躯体，一切都称心如意。三十七岁的亨伯特，遇上了十二岁的洛丽塔，五十岁的安东尼奥，遇上了十八岁的拉伊德。英雄未迟暮，美人初登场，正是良辰。

洛丽塔们都还小，腰如蜂，肤如蜜，既是女人，又是婴儿，媚若无骨，艳若无色。老男人们还都不算老，久经沧海之后，花样又跟着翻新，该懂的都懂了，不该懂的也都懂了。他们遇到她们，看看笑笑，你的一切他们都经历过，你的青春他们都曾拥有过，知根知底，知冷知热，所以要教的教你一点，要携的携你一把，要疼的疼你一下，都是很容易的事情。你们那么契合，他们愿意做大为老，而你们愿意装小伏低，如此合拍，果是幸福。

他不缺沧桑，缺的是娇颜；而你不缺娇颜，缺的是宠爱。所以一拍即合，他一晌贪欢，你偏爱流年。人生就此下去，也未尝不可，现世安稳，岁月静好，男的废了耕，女的废了织，没人管没人问，心甘情愿，理所当然，于岁月无犯，于他人无犯。情字里走过场的，永远都是原配，唯有情人，才是流年里的金穗子，何况男的又是孤男，女的又是寡女。是金穗子也不怕，怕的是被你俯身而拾，虽然是有心避让，却仍然擦出了火花。怕就怕的也正是这一点，安东尼奥义无反顾地迷上了她，但是拉伊德却毫不动心，这个热爱自由的芭蕾舞演员，同时还身兼着妓女的生计。对她来说，安东尼奥不过是千百个嫖过她的男人之一。而安东尼奥，除了拥有拉伊德之外，一切的一切，工作、家庭、朋友、时局统统一文不值，他得不到她，她不属于他，即使做过爱，即使做过一千次爱，她也会不属于他，也不会更多一分地属于他。

爱到深处，感情的贪嗔痴面前，不分男女，都一样。女人会说，他杀过人，他放过火，他是罪犯，但是我爱他。男人会说，她是妓女，她无耻，她放荡不羁，但是我爱她。但情到浓时，浓到化不开的地步，你究竟是爱的那个人，还是爱的你附加在那个人身上的想象？

或许都是，也或许都不是，或许你爱的只是那种你得不到的情绪，如此而已。要不然，怎么都觉得女人永远是别人的靓？男人也永远都是别人的帅？一旦你得到了，一切真相大白之后，磊落光明之下，所有的爱都会被打回原形，都不会久远。光天化日之下，没有谁的爱不带水分，没有谁的爱不会蒸发，照散了就照散了，升腾了就升腾了，永远都不会再拼得起来。尘世间，没有谁的花常开不败，没有哪片云贻荡经年，人终究是人，男人，女人，终究都是人，带着人的永远的局限性。

　　所以亨伯特感叹的"当日的如花妖女，现在只剩下枯叶回乡，苍白、浑浊、臃肿，你说，她可以褪色，可以萎谢，怎样都可以，但我只要看她一眼，万般柔情，涌上心头"，不是洛丽塔，只是时间。在时间面前，一切都难逃苍白，一切都娇弱无力。盛气如张爱玲者，即使会说："八岁我要梳爱司头，十岁我要穿高跟鞋。"只不过那时候她也不知道，岁月赠予她的东西，窈窕的腰身，丰挺的双峰，乌润的头发，浪漫的爱情，惊世的文采，早晚有一天，岁月还会不动声色地一样样再收回去。时间是朵浪花，淘去你的虚情，淘去我的假意，最后只剩下摇头一叹，纳博科夫要叹，布扎蒂也要叹。在爱的照妖镜里，究竟谁能如始如终？到底谁能百炼成钢？看过一切后，恨不得能再回到故事开头，一切尚未开始，一切还可期待，一切还是太阳初升，不怕日落。时间最无敌，让人说真话，让人性说真话！

为妇则刚

自古红颜多祸水。所以在世人心中，倾覆江山社稷的一般也多是女人。女人心，毒如蛇蝎，变如妖狐，正好为男人开脱。有个故事是这样的：相传在崇祯年间，御史毛羽健娶了个小妾，宠爱得把原配温氏都忘了，其原配夫人不甘冷遇，利用公家的驿站八百里飞骑，快马加鞭跑到毛御史的温柔乡，抓了个现形。既然被抓了现形，毛御史自然怏怏不快，他想罪责应该在驿站，不然夫人何以能及时赶到？他越想越闹，就上奏皇上裁撤驿站，说驿递制度"差役之威如虎，小民之命如丝"，皇上准奏，一下把各地驿站撤去大半。于是成千上万驿卒马夫成了流民，铤而走险归附李自成，无巧不成书的是，李自成也曾"充迎川驿卒"，推翻了明王朝。不过事实上，把大明江山丢掉的并不是毛御史的女人，而是帝国的男人们，是万历帝朱翊钧，是首辅申时行，是东林党的书生，是万千的官僚们，而大明的女人比他们有风骨。可以说，比较之前和之后的中国任何一个王朝，明朝的女人都能一显峥嵘，一露轩峻。

看《金瓶梅》，看《牡丹亭》，你会不由得心惊肉跳，明朝的女人真是厉害，真是解放到了一种空前的地步。从某种程度上说，这可以称之为是一种自我苏醒，无论肉身还是灵魂，都开始有一种"我"的参与和"我"的自觉。她们敢于"邀郎同上七香车，遥指红楼是妾家"，敢于在性生活中处于主动和享受的地位，但是同时这种主动不是勾引，不是卖浪，而是内心的孤独求人解，是对另一种身体的渴望。但她们的渴望，在不能调和的处境里，却会转化成一种决绝。戚继光的夫人王氏，贤而有勇有谋，吃鱼把最肥美的鱼身留给丈夫，自己只吃鱼头和鱼尾，更在戚继光远征时，对突袭的倭寇上演过一场"空城计"，退却千军万马，不幸的是她不能生育。在戚继光连纳三个小妾后，她终于忍无可忍，"日操白刃，愿得少保而甘心"，戚仍旧放浪，她"囊括其所蓄，辇而归诸王"，直接休掉丈夫离婚回娘家。这种决绝不是河东狮吼，也非蛮不讲理，而是身为一个女人、一个配偶，也要找到一个人格的所在、一种伦理的归属，就像女子未嫁前的"妾身未分明，何以拜姑嫜"，在婚嫁之后也要一种情意分明。

在明朝的二百七十六年间，你几乎见不到一个狐狸精。作为女人，她们好像把女人的"女"字忘掉了，而是把"人"字活出了极致的风采。这些明朝女人，她们虽然也有女人的妩媚柔情，但是人性里没有妖气，生活里不见俗气，像有风吹开了心头，那种慷慨、明亮和贞烈盖过了妩媚与心计。相较于宋或清，都不如明朝的女人情义风华。朱元璋开国之后，曾诏令天下衣冠悉如唐代，女人不但衣必盛唐，且心底也直追唐风，有那种华丽的、丰腴的、烂漫的性情和美。

个人认为，宋朝的女人之所以低落没落，有一部分是被程朱理学杀掉了，"饿死事小，失节是大"，那时候最好的女人在民间，是姜白石"自作新词韵最娇，小红低唱我吹箫"里的小红，是苏轼"夜来幽梦忽还乡，小轩窗，正梳妆"的亡妻王

183

弗和他的丫鬟朝云，是沦落红楼的苏小小和李师师。而清朝的女人，则更低落没落了一层，女人间相斗惨烈如战场，而她们在男人面前，就像农业文明在游牧铁骑面前，那种低眉顺眼、尊卑感又回来了，直到晚清才出来《浮生六记》中被林语堂称为"中国最好的女人"的林芸，到了民初才有一大批明朝一样的女人如秋瑾、小凤仙等，接续了乱世女侠的傲人风姿。

明朝的女人以细眉为美，不过这眉细之中却藏着爱恨分明，丝毫不输男子气概。尤其到了晚明，社会越浮华迟暮，越风月淫乱，才女烈女越众多，而由明月到清风的大动乱间，柳如是、陈圆圆、董小宛、李香君、顾横波、卞玉京、寇白门、马湘兰这秦淮八艳虽是风尘女子，却比很多下水仕清的明朝官员、书生、才子更见英气和风霜。柳如是的壮怀激烈自不必说，陈圆圆为吴三桂削发为尼、自沉莲花池，董小宛的伉俪情深、誓死不降清，李香君的有勇有识、血溅纸扇，也都各有一种大英勇。另有很多人不熟悉的寇白门，出身于金陵世娼之家，是寇门历代名妓中的佼佼者，保国公朱国弼几次夜来宠幸之后，便将白门赎身从良，十七岁的她于是浓妆重彩，夜嫁朱门。然而，朱国弼娶了她后不满数月就弃之在侧，仍然走马章台柳下。一六四五年清军南下，朱国弼投诚，不久被清廷软禁，他欲将白门卖掉赎身，白门对他说："卖妾所得不过数百金，若使妾南归，一月之间当得万金以报公。"朱思忖后答应，白门短衣匹马，携婢女归返金陵，筹银二万两将他赎释，朱出后欲旧梦重圆被拒，白门一言谢绝：当年你用银子赎我脱籍，如今我也用银子将你赎回，当可了结。后来白门归于金陵，时人称之为"女侠"。她自己则"筑园亭，结宾客，日与文人骚客相往还，酒酣耳热，或歌或哭，亦自叹美人之迟暮，嗟红豆之飘零"，身为女人，却远胜男人，可见侠骨之香。

而与柳如是称兄道弟的顾横波，在李自成攻下京城后，跟夫婿龚鼎孳一起阖门投井未死，后来龚投清做到礼部尚书之职，被世人讥笑为"闯来则降闯，满来则降满"的三朝官员，他却每每对人说"我愿欲死，奈小妾不肯何"，让人想起钱谦益投水却说"水太冷，不能下"，不觉咬牙恨恨，世间才子竟然多是道德败类，尚不如风尘女子卖笑不卖国。另一个奇女子、以兰行世的马湘兰，人称"四娘"，虽自幼沦落风尘之中，却为人旷达、性望轻侠，常常是一副挥金千百以济少年的做派。她与江南才子王稚登交谊甚笃，在王七十大寿时，她集资买船载歌妓数十人前往置酒祝寿，"宴饮累月，歌舞达旦"，而回去之后虽然一病不起，最后还是强撑沐浴以礼佛端坐而逝，时年五十七岁。她的《墨兰图》至今藏在东京博物馆，被视为一代珍品。

秦淮河边的这八位女子，情义映天，犹如秋瑾的《对酒》诗里所说的："不惜千金买宝刀，貂裘换酒也堪豪。一腔热血勤珍重，洒去犹能化碧涛。"与她们相比，钱谦益、侯方域这些人仕清了，跟卞玉京一见倾心的吴梅村也被强行征召了，而朱国弼和龚鼎孳之流，则更是让人不齿。为什么？为什么书生君子们投降了、缴械了，而这些弱女子却能把人格挥发到如此敞亮高洁？这是一个朝代的吊诡，也是一个朝代的秘密。我想原因大概是这样的，比如一个贵妇人和一个乡间老妪，胸前都挂了一块玉石，贵妇人因为有许多名贵首饰，所以对一块玉并不那么珍视，丢了最多怏怏不快一时，而老妪若是丢了那块玉，肯定会痛惜失落好几个月。

在明朝，投诚的书生君子们就像那个贵妇人，而秦淮八艳则是那个粗布老妪。他们的道德骨气在书本诗词里，而她们的贞节大义却在人世江山深处；他们的道德富裕到丢了也不觉得可惜，而她们却视为肉身沉沦后的精神救赎，所以宁可以死相抗相争。"知君用心如日月，事夫誓拟同生死"，这些女人事国如事夫，心思如日月之辉，坚定清明。江山没有了，皇上没有了，帝国没有了，国破山河在，城春草木深，而她们却留了下来，在山野草泽和闾巷屋舍之间，守望着心中长存的那一袭江山，心头长明的一轮明月：亡国了，天下还在。

几千年来，中国社会是一个超稳定的农业社会，集体人格也是一种农业人格，好仁爱义，尤其重气节风骨，这一点在今天的山野民间仍然未泯，譬如齐鲁、燕赵、荆楚、关中、川蜀、江浙等历来的农业兴盛之地，今天商业社会的尖酸悭吝在村夫老妪身上几乎不见。在明朝，是经济和商业的变化远远超过政治的变化。张居正在政治上也没做什么变革，只累积和叠加了北宋和南宋以来的商业繁荣，整个社会的人心风气大变，农业人格开始被商业人格鲸吞蚕食，渐渐变得精明、势利、见风使舵、明哲保身，这是商业社会里的现实生存哲学。

千百年来，世人都常说女人善变如蛇，这其实是一种绝大的误解。要知道，从人性根本上来说，男人其实才更容易在一种新风气到来之时最先匍匐接受，因为这是从原始狩猎时代起，就被锤炼出来的一种生存本能。那么到了明朝，经济社会开始大繁荣，甚至形成了资本主义萌芽，造成小说和戏曲等市井文学空前丰盛。商业的浮花浪蕊最先作用于男性阶层，而在女性那里却遇到了一种阻碍和缓冲，大的时空、地理和社会的沧桑变迁最先由男女分别递传出来，所以江山半壁人离乱，官员们投诚了，书生才子们衰微了，英雄的角色开始由女性来扮演。在时代的大劫难里，秦淮八艳活出了竹林七贤的风采，她们比女人更女人，比男人更男人。她们就像秋瑾的词里所说的"身不得，男儿列，心却比，男儿烈"，她们身之为人的意识超越了身之为女人的意识，在她们身上有一种中和性别、分担男女的人性的大美。

在明朝的女人中，除了有爱恨分明的毛羽健夫人温氏，有休掉戚继光的王氏，有义薄云天的秦淮八艳，还不乏孟母三迁这样的女人。譬如万历帝的生母李太后，她从一个宫女到裕王妃，再从王妃到太后，每一步都不见后宫里那些你死我活的凶残之相，她参政而不乱政、秉国而不贪权，对朱翊钧的严加管教、对张居正变法的绝对支持，也都不失母仪天下之风。而明朝民间的另一位母亲郑淑云，还给儿子写了一封《示子朔》的信：阅儿信，谓一身备有三穷：用世颇殷，乃穷于遇；待人颇恕，乃穷于交；反身颇严，乃穷于行。昔司马子长云：然虞卿非穷愁，亦不能著书以自见于后世云。是穷亦未尝无益于人，吾儿当以是自励也！

　　明朝的女人，为女人时亮烈，为母亲时也有这种母教的深稳和严厉，无论是天子之母还是庶民之亲，在她们身上都不失母教之责，不卑不亢，有智有节，为大明的江山社稷一手调教出好儿郎。明朝的女人，无论为人妻、为人女、为人友或为人母，或节或烈，或贤或柔，或慈或严，都活出了中国历史上几千年来罕见的风姿和性情。在明式家具美学中，最大的一点就是"尽物性，巧结体"，明朝女人也如此，穷尽了无分男女的人性的所有亮堂，她们在一个商业浮华、江山凌乱的岁月把农业时代的人性和伦理迸发到极为华丽。

　　贾宝玉说："女儿是水做的骨肉，男人是泥做的骨肉；我见了女儿，我便清爽；见了男子，便觉浊臭逼人。"遥想五百年前明月下的那些男女，我与宝玉有着一样的认识，她们是水做的，却坚如金石。

过去的男人

　　我在上海的时候，读过一本《民国女子》，是叶细细写的。这类书原先看得多了，总觉得大都逃不出先层层铺陈再闲评几笔的老套路，原以为这一本也不过如此，旧时风花今朝又能翻出什么新意？读了几篇才知道，这叶细细果然了得，开篇第一句即夺人心魂，一路读得我跟跟跄跄，难以招架，女人写女人，虽隔了近一个世纪，到底依然直见性命。叶细细笔下，所写的虽都是女子，但一路看完，我却分明读出了这背后的一个个男子：胡兰成、胡也频、冯雪峰、郁达夫、徐悲鸿、徐志摩、金岳霖、梁思成、朱自清、胡适、戴望舒、梅兰芳、蔡楚生……

　　男的都是才子，女的都是佳人，身后还有那么一个兵荒马乱的世道，真是一出好戏。

先前看过民国时的很多照片，军人多半脸庞方正，因是北方人居多，知识分子多半脸长，头发向后蜡梳，戴一副圆眼镜；闻一多、丰子恺、郁达夫，一条领巾，一袭长袍，在青石板铺的窄街上匆匆赶路，在嘉陵江边的朝天门曳衫上船，一江风月，映着一身波光粼粼的晚照。气质与时代相配衬，那时的男子无论出身贫寒或者富贵，也无论读的私塾还是留的洋，到底都有几分传统社会的教养，江湖豪气，诗酒风流，同时兼备仁义礼智信和温良恭俭让。记得在中学历史书中，还有一幅周恩来当年在黄埔军校担任政治部主任时的戎装照插图，这一张照片最经典最耐看，其实周恩来穿长袍和西装都略有些清瘦，唯是穿那身笔挺的军装别有一番英武之气，再配上军官帽檐下那坚毅的容貌眼神，真是逼人的风流完美，令人神往。

这些男人，一路从紫气红尘中走来，步履虽然蹒跚却稳健，一身分饰几角，一肩挑着"谦谦君子，温润如玉"，一肩挑着烟火气、书卷气、浪荡气、江湖气、豪气、才气、酸气，穿越生死离乱中漫天的黄埃，悠游着、欢喜着、低吟着、愁念着、谦抑着、凄惶着。一袭清袍，足下生风；两纸信笺，笑谈沧桑；数袭情丝，欲理还乱。在乱世荒荒中蓦然回首，烟雨弥漫，青山几重。于家国天下，于娇妻幼子，于童年故乡，他们真是那个时代的凌波羁旅之客。

这种卓绝的气质，如今真的是不复再见，演也演不来，无论是谁，无论是什么角色。纵使演员资深如胡军者，也演不来，他在银幕上可以扮演皇帝，可以扮演将军，可以扮演大款，但是演起来民国的男人，他就显得一股子牵强机械，言谈举止都不自然了。民国的男人，也不是陈坤的那种阴柔忧郁劲儿。《她从海上来》里扮演胡兰成的赵文瑄，还略略有些味道，不过也仅止于此，可以演出举止，但终究演不出风仪。民国男人，落拓也落拓得洒然。

然而，男人终是男人，民国的男人也是男人，何况他们又是文人。男人遇上女人，纵然碰见再投情的女人，一时欢爱容易，日子久了也难免平淡如水，做得了知己却未必做得了夫妻，如此也才有叶细细"此情可待成追忆"这一叹！民国这一段，才子佳人辈出，为世人所津津乐道，譬如胡兰成与张爱玲、郁达夫与王映霞、徐悲鸿与蒋碧薇，再譬如林徽因与徐志摩、梁思成、金岳霖，一部《民国女子》洋洋洒洒十万言，写不尽的便是他们的情路蜿蜒、爱恨纠葛。不过话又说回来，连历史都未必能还原真相，单凭几篇文章几段史料又焉能揣测出才子佳人的是非对错、恩怨情仇？我们这些后世人，根据史料的想象和猜测能够分析出来的，或许仅仅是茶余饭后的点心，至于合不合胃口则因人而异。当事人如何，他们自己最清楚。

才子配佳人古今皆有，虽都没什么好结果，不过那一段相知相恋却不可少，他和她的人生均是因了那段姻缘而风采迭出，百媚横生。历史固不会重演，但假若张爱玲当年碰不上胡兰成，她的人生和成就，她的才情怕就是另外一种走向了，而胡兰成也未必会大展其文才！他开启了她的聪明，她亦开启了他的诗情，那真是现世安稳、岁月静好，人情也正相悦。虽说后来胡兰成避难温州，花草不断，他辜负了她，她也远离了他，但张跟胡分手却只寥寥几句："倘使我不得不离开你，不会去寻短见，也不会爱别人，我将只是自我萎谢了。"而胡兰成写信去，她竟发怒说："我已经不喜欢你了，而你是早已不喜欢我了的……

你不要来寻我，即或写信来，我亦是不看的了。"可至死之时，他念念不忘的是她，她念念不忘的也是他，有情人竟至于此，奈何？再看张爱玲分手后的书，我感觉到她真的是萎谢了。她在《倾城之恋》里说："他不过是一个自私的男子，她不过是一个自私的女人。在这兵荒马乱的时代，个人主义者是无处容身的，可是总有地方容得下一对平凡的夫妻。"这话还算少了怨气。

民国的才子佳人们，虽不是自私的男子与女子，也非个人主义者，但亦做不了一对平凡的夫妻，乱世荒荒，繁华纷纷，分分合合都不重要了，他们只愿做那临水照花之人和凌波羁旅之客，此时语笑得人意，此时歌舞动人情，背靠时代的深稳而摇曳生姿。一个时代有一个时代的气质，一个时代亦结出一个时代的花果。年华易老，时代也易老，一度春秋一度情，恐怕也只有在民国那样意味深长的时代，才能哺育出来这样的奇绝女子和这样的傲岸男子。

不团圆才是团圆

太阳底下无新事。如果深究，这世界上所有的事，都有着某种程度上的相似性。

正如马克斯·布罗德没有遵从卡夫卡的遗嘱将其手稿付诸一炬一样，宋以朗也没有遵从张爱玲的遗嘱将其小说遗作手稿销毁，所以我们才有机会读到《小团圆》。二○○九年二月二十三日，曾被张爱玲在遗嘱中要求销毁的小说《小团圆》，在她过世十四年之后由台湾皇冠出版公司"违规"出版；三天后，《小团圆》在香港皇冠出版，新书记者会当天也在张爱玲的母校香港大学举行；四十六天后，《小团圆》在中国大陆登场。至此，这本被称为法律上"合法"、道义上"盗版"的张氏遗作登陆海峡两岸，华文世界于是震动不已，一时人人皆谈《小团圆》。

轰动虽然在今朝今天，然而长长的引线却深埋在三十多年前。一九七五年，对于已过知天命之年的张爱玲来说，往事虽如过眼烟云，却又历历在目，于是一腔心思付诸纸笔，写下了自传似的《小团圆》。一九七六年三月完稿后，她把小说寄给好友宋淇，希望先在报纸上分几个月连载，以吸引读者。后担心"无赖人"胡兰成趁机大出风头，宋淇建议修改《小团圆》，进一步褪去张爱玲的自传性色彩，不至于让读者为人物们对号入座。就像曹疏影说的："宋淇的策略周全，是好莱坞、媒体人、文化人……的路子，却不是作家的路子。作家的路子不周全，可是耿介。"所以张爱玲迟迟没有动笔，她宁可不出，也坚决不改，至少她不愿按齐备得当的路子改动，而是留下了那"爱情的万转千回，完全幻灭了之后也还有点什么东西在"的东西。之后，张爱玲也担心人们对张胡之恋的兴趣冲淡文学价值，曾考虑销毁小说，然而一直不忍心。

后来的事情，我们已经都知道了。二十年后的一个中秋之夜，在一个中国人举家团圆的日子，张爱玲在洛杉矶孤单辞世，当时她身边没有一个人，团圆之日不团圆。临终之前，她交代遗嘱执行人林式同把所有遗物都寄给在香港的宋淇、邝文美夫妇，并交代他们一定要销毁《小团圆》的手稿。一九九六年，宋淇去世之后，张爱玲的遗物又交给了邝文美。二〇〇三年，邝文美又不幸中风，生活难以自理，于是宋淇之子宋以朗自美国返回香港，一边照料母亲的饮食起居，一边对张爱玲的手稿、作品及遗物负起全部责任。也就是在那时，他才第一次知道还有《小团圆》的手稿这回事。二〇〇七年十一月邝文美去世，宋以朗成为张爱玲遗物的正式所有人，如何处理一直没有出版的《小团圆》，迫使他不得不做出决定。于是，宋以朗花了几个月整理和研究查阅张爱玲和父母之间在四十年间的六百多封来往书信，终于找出了令小说"雪藏"经年的个中原委。再后来，宋以朗决定揭开盖子，让尘封三十三年的作品重见天日。

早在《小团圆》还未登场之际，先睹为快的人们就大肆宣扬，说之是张爱玲"自传式的小说"，讲述的是"另一个版本的张胡之恋"。这虽然是近似于叫卖式的宣传，然而却也着实吊足了普罗大众们的胃口。此前，关于张胡之恋的文字，只能依从胡兰成的《今生今世》，多少人为此扼腕叹息。再加上张爱玲曾抱怨，胡兰成写他们之间的事"夹缠不清"，更让世人对内幕又多了一层期待。多年来她一直未就此发声，是践行"君子绝交，不出恶声"，还是决绝之后"舔自己的伤口"疗养情疾？旁人无从得知，然而她终究忍耐不住，要"自己来揭发"。

《小团圆》要出书，我早有所闻，书也一早就拿到了，是皇冠版，胡兰成的侄孙女胡晓文小姐寄来的，但我一直没看。原因不外乎两点，一方面是念念已久，猛一下子突然面对，仿佛近乡情怯，反倒不敢接近了；另一方面是阅读习惯使然，繁体竖排读起来总感觉不习惯，隔得慌不说，也读不快，密密麻麻密不透风，想走马观花都不成，竖排繁体字即使每个字都认识，但是猛一眼看上去也像是在读外文——虽然这也的确曾经是我们自己的字。后来是十月文艺版的书出来，在书店看到，封面简单而干净，是最最中国乡土的凤凰牡丹图，像极了出嫁女儿的花衣裳，贵气而喜气，比起皇冠版那朵艳俗不堪的大粉花不知好上多少倍，于是二话没说就买了下来——拿回去即使不看，摆在书架上单是供着也是好的。用了几个晚上拉拉杂杂读完，开头两章，张爱玲从香港的读书生活一直写到抗战，人名纷出如"点名簿子"，相当拉杂无味无趣，我也没读出评论家所说的"为全篇打好了精细与惶惑并陈的底子"。

十六万字的小说，描写大家族生活的篇幅几乎占了一半，盛氏高门深府深似海，不由让人联想起张爱玲的家世。李鸿章是她的曾外祖父，张佩纶是她的祖父，"蹉跎暮容色，煊赫旧家声"，这一句小说中九莉祖母写下的集句，一如李家豪门、张家府邸的流年往事。《小团圆》半写家史半写情史，不过想读家史的人恐怕不多，大家心急要看的是名人八卦、才女情事，是张爱玲竟然也堕过胎。《今生今世》里，张胡之恋纯洁到极点，胡兰成初见张爱玲一喜，再度惊艳，继而执子之手，活脱脱两个赤诚的金童玉女。在《小团圆》里，张爱玲对胡兰成也并未发恶声，只是从语言神态描述出一个复杂的男人，他侧面的赤诚宏阔令她爱极，正面的胆小多情则令她生疑。在他面前，张爱玲拙笨、自卑、聪明、高傲、伤害，杂陈并道。

这样一对欢喜冤家碰到一起，究竟擦出了多少爱恨情仇和是是非非，恐怕也只有当事人才心知肚明了。在这份盘根错节的感情纠葛背后，至于旁人，则是无法简单地说谁对谁错的。一段情，男的先写个版本，传之后世；女的也要再写一个，以清真相。再华美的袍子翻过来，里子一样爬满了虱子。旧时戏文里才子进京赶考，先有员外千金献身，后有青楼名妓赠银，状元及第回来共拥二奶三奶，是为大团圆，张胡却是另一种。他们相逢于乱世红尘，而等到河清海晏时却劳燕分飞，Romantic 式的才子佳人故事，在揭开锦被玉褥的那一刹那，原来也是一片西风残照、汉家陵阙的破败，比尘世夫妻的爱恨嗔痴更荒芜，更凄凉。

　　与《今生今世》比起来，我对《小团圆》的兴趣要淡很多。《今生今世》是一派"桃花明月，诗礼江山"，历数故乡童年和身世经历，娓娓道来，字字虔诚，是韶华胜极而后堂前燕的呢喃低语，是"白头宫女在，闲坐说玄宗"，有所知、有所识、有所思，就像康有为的字，一笔一画皆通于身世。而《小团圆》读来句句有所悲、有所怨，说是说"因为懂得，所以慈悲"，但究竟有几个人能做得到，却是另外一回事，以张爱玲的决绝她更做不到。此外，更因为《今生今世》成书在先，所以张爱玲笔下不免处处对照，——剖白和揭穿，如此一来反倒失却了当时性情的真，自打嘴巴，涂抹的痕迹分明，这也是我不大喜欢分手后的张爱玲的原因。都说离开胡兰成使张爱玲逃离梦魇，我看倒也未必。我揣测张爱玲的心思，她愈是深爱他，愈是要与他决绝撇清，就是愈要做给别人看，也愈是要做给自己看，唯恐稍一心闲，精心浇筑的铜墙铁壁便会顿时坍塌如泥，泪飞顿作倾盆雨。而在心底，她究竟还是百转千回的。

大体来说，尘妇凡女在有了几次失败的情感经历后难免会多疑、刻薄、冰冷乃至怨恨绝望。而聪明如张爱玲者，在爱过胡兰成后竟也就此萎谢成了不再开的花，《小团圆》虽红火却也无法弥补她生前的苍凉。一如那些小说中她编织的每段感情都千疮百孔，爬满了虱子；每种人生也都支离破碎，一切无可依恋，《小团圆》也是把人生人性里所有不堪都抖搂出来给人看，至死她都没有从人生的荒芜感里走出来，她有一种凄厉与寒冷在，这是她文字的动人处，却也正是她的人生缺憾处。所以王小波评价后期的张爱玲，才会说"她是把病态当作才能了"。而李鸿章的后世子孙，对张爱玲也颇不待见，李鸿章六弟李昭庆的曾孙李家皓即说她"写小说是为了出风头，她没东西写了，就专写自家人，什么丑写什么。而李家人出来工作的也不少，他们的挣扎和奋斗她却不写"，"她写别人是病态，她自己本身就是病态"。

事实上确实如此，张爱玲的性格中聚集了一大堆矛盾：她是一个善于将艺术生活化、生活艺术化的享乐主义者，又是一个对生活充满悲剧感的人；她是名门之后、贵府小姐，却又自恃骁勇，称自己是一个自食其力的小市民；她悲天悯人，时时洞见芸芸众生"可笑"背后的"可怜"，但实际生活中却冷漠寡情；她通达人情世故，但无论待人接物还是穿衣打扮均我行我素、独标孤高。她在文中同读者拉家常，但生活中却始终对人疏远；在四十年代的沪上，她大红大紫、风头无两，然而几十年后却又在美国深居简出、与世隔绝。以至于有人说，"只有张爱玲才可以同时承受灿烂夺目的喧闹与极度的孤寂"，这话说得像赞美，但也是事实。

在佛教里，女人是被低看的。佛教认为，女人在智慧上是比较低等的生物，所以对女人素无好评，说她们有"瞋、恨、作恶、无恩、刻毒"五种过失，有"不净行、瞋恚、妄语、嫉妒、心不正"五种欲想，有"自持身色、自持丈夫、骄慢"三种放逸。在《圣经》里，女人也不是好面目，上帝怕亚当寂寞，抽出他一块肋骨做成夏娃，原本只是消遣孤寂，谁知夏娃听蛇诱劝，勾引亚当吃了智慧树上的果实，惹恼了上帝，被逐出伊甸园流放到人间。莎士比亚说："软弱，你的名字是女人！"而歌德又说："永恒的女性，引我们上升！"孰对孰错？女人自古有才多不幸，故古人以"女子无才便是德"作为蒙训，宁舍才舍智以求德，是女人有才而会显其恶，还是女人骨子里就带有令人不安的因子？孔子亦说"唯女子与小人难养也，近之则不逊，远之则怨"。然而在另一方面，好的女性亦可以是时代的风姿和妩媚，是开在时代边上的花，与大的历史张力盎然成趣；而女人的母性和慈悲又能教化一个民族，长孙皇后可以简朴无私而母仪天下，大脚马皇后也是无大才而有大德，可以助朱元璋打下江山，亦可以助他以德服天下。江山不幸诗家幸，女子无才便是德，女人与才是天生的矛和盾？

十年前，我初读到《今生今世》时，尚不知胡兰成是何许

211

人也。才读了几篇，即大呼惊艳，誉之为"平生读书以来最令我着迷的一本书"，而且逢人必推荐一番，后来才知他和张爱玲的关系。简体版的《今生今世》，删减颇多，有政治和历史争议的部分都删掉了，又故意制造"我的情感历程"的噱头，所以不免被看成"群芳谱"。后来读到台湾三三版，才发觉世人单热衷张胡之恋、非议胡的汉奸身份，真是太小看他，胡兰成的才情、识见和经历实在别开生面，在张爱玲之外，单靠他在历史政治和艺术学问上的造诣亦可以使他成为一个人物了。

争议性人物，在中国向来不易判定，恨者恨其入骨，爱者爱得死去活来。具体到胡兰成身上，恨他的人无非两种，一种是富有道德洁癖的广大文艺女性，她们看胡兰成，把他的男人身份看得远远大过他的文人身份，苟之于薄情寡义兼感情泛滥；另一种则是民族主义者和道学先生以汉奸责人。道学先生和大骂负心汉的怨女们，还是省省吧！我对于胡兰成，与其说爱，倒不如说是迷，这个才华识见皆极高，经年在生死成败、善恶是非边缘上安身的人不但迷倒我，还曾迷倒过一代大家，如梁漱溟、刘景晨、唐君毅、徐复观、卜少夫、川端康成、汤川秀树、冈洁，而我充其量只不过是个隔代的小知己而已。

胡兰成出身乡下，本无学历，后来亦学无师承，然而他的学问却广为通达，上古的典籍如《尚书》《易经》，黄老之学及佛学禅宗，诗词歌赋乃至民间戏曲，古典小说如《三国演义》《水浒传》，以及现代科学的种种，在他那里都信手拈来，而又无不一一恰切自如。他在书中，常常引用李白，他自己倒像李白，白衣傲王侯，汪精卫都要看其三分面子；他又是个不得志的纵横家，本可以为帝王之师，只是生得晚了，中国的大格局基本已经定下，由不得他来归置。时势造英雄，英雄难造时势，他躲得过雷霆之劫，终躲不过亡命天涯。但是，也只有这样的人能配得上张爱玲，而她也才会看得上。历史固不会重演，但设若张爱玲当年碰不上胡兰成，没有与他缠绵私语，她的人生才情恐怕就是另一种走向了。他是她的解人，知她、懂她、爱她，他开启了她的聪明和诗情，而她亦还以绵绵密密的一腔痴情，那真是现世安稳、岁月静好，而人情也正相悦。虽说胡兰成花草不断，他辜负了她，她也远离了他，良时婉燕南北异道而行，但张爱玲与之分手只有寥寥几句："倘使我不得不离开你，不会去寻短见，也不会爱别人，我将只是自我萎谢了。"再看张爱玲分手后的书，她真是萎谢了。

胡兰成自信，自信到有狂语傲世。他曾说："我于文学有自信，然唯以文学惊动当世，流传千年，于心终有未甘。我若愿意，我可以书法超出生老病死，但是我不肯只作得善书者。"依胡兰成的性情和志向，他是要做士，"文章小道，壮夫不为"，书法亦是，即使为他也只是闲耍而已，他念兹在兹的还是"五百年必有王者兴"。

旧时明月清风，胡兰成是民间的蛟龙之身，而张爱玲则是那边上的凤凰之姿。他是超越道德和文学的，而她还在人性的泥淖里打转，所以不得、不能团圆，身前生离死别的一双善男怨女，只能九泉之下相见，只能今生今世小团圆——而事实上，所有大团圆都不过是匹夫匹妇的热闹，唯有不团圆才最团圆！

乱世不做佳人

二〇〇九年的夏天，我从桂林转道上海，又和上海电视台的陈黛曦一道前往南京。我们要去拜会的是胡兰成的幼子胡纪元。尽管一路上跋山涉水、烈日当空，我们还是觉得很值得。整整一个下午，胡纪元给我们讲述了另外一个胡兰成，那是一个外人不知道的胡兰成、一个文学花边新闻里看不见的胡兰成、一个既作为父亲又作为儿子的胡兰成，一个胡兰成之外的胡兰成。纵然他的说辞可能带有为尊者讳的意思，但至少也提供了一个理解胡兰成的角度。

因为张爱玲，世间都说胡兰成永结无情契，他自己也承认有一种天地不仁的毒辣。然而，在胡纪元的谈话中，朱天文姐妹的书中，以及跟胡兰成侄孙女胡晓文的往来书信中，让我更加了解到一个多情、有义、外人不知的胡兰成。他对女人并不像世人说的始乱终弃，起码不能用简单的道德评价还原解读当时当地烽火离乱下的言辞行为。事实上，他从广西回来后日日悉心照顾精神错落的全慧文，更在战事频仍、生死未明的武汉时期对周训德用情用心至深，在大难奔逃之际尚为她祈福消灾；即使远走日本后，他也于大陆饿殍遍地的年代时不时寄来麦乳精、美金、糖块，救助生死飘摇的一家老小。然而胡兰成的滥情和无情，早被《今生今世》坐实了，甚至被引进此书的沈浩波冠以"我的情感历程"的噱头惊世，但原书却非只涉情感，更兼有他的故乡童年、奔波辗转和一生的心路蜿蜒，而且即使是从用情上来说，也可于满纸凄凉奔走中读得他的一片赤子之心，也即是江弱水所说的他的"情虽不专，却也不伪"。

替张胡之恋背书，替胡的行事剖白，在眼下的中国有被口水淹死的凶险，幸好做这件事的人并非只有我一个。去年，朋友慕容莲生兄写过一本《宛转蛾眉》，写了张爱玲和胡兰成的事，识人于微小，见道于巨大。那本书不只是写了胡兰成和张爱玲，还有徐悲鸿和蒋碧薇、郁达夫和王映霞、徐志摩和张幼仪、沈从文和张兆和、萧军和萧红，他要用这六对夫妻描绘出民国情感的盛放与惆怅。慕容的文字有大男人没有的细腻温致，也有小女人没有的开阔深远，在他笔下，这六对民国恋人才有幸复活归来，以他们的真身度得我们自见人性起伏跌宕。

那六对民国男女、才子佳人，狗血的爱情加江山的破碎，早被人写滥了，再写又能写出什么新意？我觉得还有，还没被挖掘透，大多数人写他们只是掘井取水，不见泉涌却已丢锄，只留下一排排深可见底的俗常井眼，让自以为得了奥妙的才子才女们坐井说天阔。慕容写这本书时，经常与我交流，我告诉他一定要写出自己，把自己当男人，也当女人，骨子里要成为胡兰成、郁达夫和徐悲鸿，也要成为张爱玲、王映霞和蒋碧薇，用己心而生他人意，宏阔处宏阔，逼仄处逼仄，人性中的金玉和败絮都不遮不避，这样才能投石击水，用别人的故事而荡起自己的涟漪。他果然有方外灵犀，用他这管年轻的鹅毛笔，蘸着那些氤氲透了民国的灵秀和惆怅的男女为笔墨，在今天飘忽、媚俗、清浅的书写中，书写道破了他用自己的网格筛尽浮花浪蕊之后无分时代、无分男女的人心人性，而且完全可以通达今天的尘世男女。

这些女人有才气，才气不掩怨气；有深情，多情不盖无情。同样是山河破碎，同样是夫妻本是同林鸟、大难临头各自飞，为什么蒋碧薇热恋在前，后来却对徐悲鸿大加责备？为什么张爱玲不食烟火却至死不能释然胡兰成曾多情别人？而不能像《乱世佳人》中的郝思嘉，最后把一生烛照眼前？于女人，郝思嘉是一种典型人格，但却不是每个女人都能像她，虚荣是真，利欲是真，自责是真，五味临头也是真，到头来看山还是山、看水还是水，在尘世中能脱解自悟。世间万物皆可成佛，成佛之径不止一条，黄卷青灯可以，至情至性可以，建功立业可以，经商躬耕可以，乱世用情也可以。尽管一生多情、用情、错情、乱情、无情，生活中的一切光亮都消失殆尽，郝思嘉还是说："After all, tomorrow is another day." 不知世间是不是真的有佛，如果真有，我相信她一定能成佛，不是在今天，就是在明天。

依我看，这些民国女人中间，唯有王映霞最接近郝思嘉。这个一生两次大婚倾城的"杭州第一美人"，晚年曾经这样说徐悲鸿和张道藩："如果没有前一个他，也许没有人知道我的名字，没有人会对我的生活感兴趣；如果没有后一个他，我的后半生也许仍漂泊不定。历史长河的流逝，淌平了我心头的爱和恨，留下的只是深深的怀念。"真可谓人之将老，其境也高，慈悲到无挂无碍，无怨无痕。我这么说，在很多人眼中似乎有苛责女人的嫌疑，更有为无情、无良的男人开脱的无耻。郁达夫、徐悲鸿、胡兰成、徐志摩们的问题不是没有，但是我觉得其因有自，他们的多情与薄情、有知和无耻，当是因了江山离乱下的愁肠百结，于个人出路和国家前程都有一种苦闷、一种惆怅，我不是说在这种大的时代悲欢之下，儿女私情可以不管不顾，而是相信，他们连自己的来路都不明，焉能安顿计算好另一半？

他们于女人，与其说是爱毋宁说是知，知可以解脱人事沧桑与生离死别，就像胡兰成说的："情有迁异，缘有尽时，而相知则可如新……爱惜之心不改。"他对张爱玲如此，对其他女人也如此。流亡之人说不出"执子之手，与子偕老"，即使说也是"愿现实安稳，岁月静好"，抓不住时空亘古和白头霜雪，那就抓住一时一刻的短暂欢爱吧。所以胡兰成出奔荆楚、避匿雁荡，他也觉得生死未知的事，又岂会对张爱玲有所相托？在身边的人被炮弹炸死的惊骇下，苟全性命的他当然会暂时在另一个温软胸怀中寻得片刻安宁，在这样的雷霆之劫下后世的道德指责异常无力。而在曾经沧海后，张爱玲最应该做到的即是要懂得悠然过去，慈悲故人。我不喜欢她就是她到老也不开阔，爱之弥深恨之愈切，那一胸几十年前的怨气让她在隔着几千里山河外，依然用一个不爱的赖雅去填补和证明，也不愿释怀前情旧账，这是她的悭吝和不圆满。因此她说"因为懂得，所以慈悲"固然动人，而于我则是有所怀疑的。

张爱玲小说写得那么好，怕也只是巧为工匠，建立了一个为世间男女遮风挡雨的文字城堡，而于她到底不能置身其中柴米油盐，她用文字修炼得似乎已如老僧入定，只觉天地唯我、万物渺渺，但明白人一眼即可看出这是文字之悟，不染人世，在日常的、情感的、生活的爱恨嗔痴里依然如众生一样，过河湿鞋，穿叶沾身，并不到彼岸。如果时光重来，我倒宁愿张爱玲不成为一个名满天下的才女，只是寻常闾巷间与贩夫走卒讨价还价的小妇人，或者河畔溪桥边浣洗丈夫粗布衣服的浣纱女，她们虽粗于才情，不懂得楼下马车铃响时叮叮当当的惆怅，也不会拿卖剧本的三十万元救情人于平阳，然而她们知道人世的通达与婉转，能通过物性证得人性的沧桑，如此也就够了。道在器中，人在世中，民国女子们独痴迷于自筑的铜雀春深，世间女子当以为戒。女人这一辈子，不应该只是一个女人，而应该是一个人！

因为孤独的缘故

　　一对结婚三年的朋友，恋爱是我介绍的，结婚是我证婚的，最近闹起了冷战。他说，她不再温柔，不体谅他每天累心累力；她说，他不能满足她的品味。也许他们都没错，错的是我，最早出于私心偏爱兄弟，乱点了鸳鸯谱。姑娘是学设计的才女，虽然出身小城之家，不富不贵，但却有一身的文艺范儿，书、电影、旅行必不可少；朋友则是学理工的程序员，精于在代码里糊口谋生，靠着大学时就做黑客的本领，没毕业即被阿里巴巴当作精英预订走了。

　　原本我中意的女子，为了肥水不流外人田，最后还是介绍给了自家兄弟，因为彼时我另有意中人。对这样的宅男女神配，我原本不抱太大希望，只想做个顺水人情，却不知朋友背地里盗我的情书，学我的手段，竟抱得女神归。毕业后，靠父母资助，小两口也努力，买了房结了婚，日子过得还算有声有色。只是时至今日，当初追女神的心意已不再，朋友为多挣钱努力做工，每天风里雨里早出晚归，老婆要去台湾玩，被他推了三次；老婆要去看电影，他说加班写代码；老婆晚上看《深夜食堂》，他窝在被窝里打游戏。两个人，两条线。

　　说实话，我蛮同情他老婆的。他的世界，她不感兴趣；她的世界，他则进不去。两个人就这样积怨日深，冷脸、冷心、冷战，最后来找我。这样的男女并不在少数，所谓同床异梦，所谓貌合神离，也许是骨子里那份孤独跳出来作祟。本就不同槽，又要在一个槽里吃草，孤独是难免的。当初孤独，爱被跷上来；如今爱过，孤独被压上去。爱和孤独，就像一上一下的跷跷板，就像砝码不等重的天平。它们似乎永远会这样彼此你升我降。男追女，追到了，相爱了，爱腻了。他离开，她孤独；他不离开，不温不暖、不咸不淡，她还是孤独。女追男，更是隔层纱的爱，他本得来全不费功夫，因此亦不会怎么用力，他停她追，他走她也追，最后他厌而生变，她一样是孤独。再轰轰烈烈的爱，到头来也都免不了落花空有情，流水别有意。没有爱的时候，一个人孤独；有了爱之后，两个人孤独。谁也走不进谁的地盘。

这一点，从古到今皆然。我的朋友魏骁，在她的一本书中也说过了，董小宛爱冒辟疆时，跋山涉水，历尽艰辛，差一点儿连性命都丢了，冒辟疆还是不肯要她，直到钱谦益替董小宛赎身，冒辟疆才勉为其难接受了董小宛。婚后她完全丧失自我，依附于冒辟疆。如此做小伏低，低到尘埃里。只是可惜，烽火硝烟时，冒辟疆最先丢下的仍然是董小宛。爱一个人，爱到不管不顾时的孤独，是觉得爱与被爱总不成正比，不甘。你进一步，他退三步；你进三步，他退一丈；你夜半启程、晓行夜宿，千里寻夫寻到海角天涯，而在他眼里你哭也是错、苦也是错，对他好也是错、对他不好也是错。总之，你只要死心塌地地爱着他就怎样都是错，最后你只能站成永远的望夫石。董小宛是这样，爱胡兰成爱到骨子里的张爱玲也是这样，战火硝烟里寻将下去，结果却看到他另有新欢。爱得越奋不顾身，最后往往越无枝可栖。

且不说才子佳人的恩怨，她有意他无情，多情总被无情恼，那都太传奇了。寻常人的爱情，未必是这般的水深浪阔。她和他，互相喜欢彼此爱，但也只是男女间的爱、生活相伴的爱，你回家晚了他给你倒一杯水、煮一碗面，你早晨上班他把你送到地铁、以吻告别。但你却不满足，他不会跟你谈昆德拉的"轻与重"，也不会跟你说杜拉斯的"东方情结"，只是将日子俗世温暖地过下去，过下去。在父母眼里，你们有孩子、有日子、有前程；在闺蜜眼里，你们有车、有房、有旅行。这是很多女人孜孜以求的幸福，你若无奢求，大可以就此"幸福"。

　　然而不行，在日子像豆子般密密麻麻地撒到你身上时，你内心深处那些文艺、深刻、不甘都会像自流井像喷泉一样汩汩地冒出来，你会想要身边这个每天与之最亲密的男人走进你最隐秘的世界，然而，可惜，他不能。许是不能，许是不愿，或是觉得谈的对象不该是你，所以你不得不任由自己的秘密流淌成河，你的肌肤之亲和你的灵魂之亲开始分道扬镳。然而，也有女子，在精神上拥有一个旁人难以涉足的世界，面对一个不懂自己的男人，虽然他不懂她，她也一样爱到不管不顾，爱他的睡如婴儿、浪荡不羁、胡子拉碴。即使她再孤独，也不愿意放手，爱到深处人孤独，她宁愿用她的孤独做猎手捕获他和她自己，用与他的些许欢爱冲淡她的孤独。因为懂得，所以慈悲；因为孤独，所以深爱。也因为深爱，所以孤独。

某种程度上说，我是一个悲观主义者，是一个爱情的悲观主义者。要在几千万几亿人中找到最合适的那个，太难了，更难的是在一起之后还要不孤独，过着市井寻常的日子，身体不孤独，灵魂也不孤独。相爱本已难，相知更是难上加难，况且人性本无常，还要面对无所不在的诱惑，不但男人要面对，女人也一样。苍蝇不来时，蛋已自裂缝，何况苍蝇处处飞？

在魏骁那本《因为深爱，所以孤独》中，她最懂得爱与孤独的纠缠，她算是看得通透、也过得通透的。她在孤独时被孤独追赶着抓过爱情的稻草，在深爱对方胜过爱自己时忍受乃至享受过孤独，在失中觅到过得，也在得中怅惘过失，现在有男人有孩子，有家常日子，也不乏她先生的相知。我看到她一路烟尘的奔波，对男人、对自己、对爱恨，都不矫揉、不修饰、不道歉、不解释，真实坦诚得就像遇到耶稣得救时细细剖白前尘的皈依者，她跟深爱和解，跟孤独和解，最后终于有幸踩到了爱和孤独的平衡木。她细节、琐碎而流离的过往见闻，让我们看到一个切实的、明亮的、大慰人心的烛照。传奇难以模仿，寻常却能治愈。魏骁让人看到尘世男女能走通的那条路。即使对爱情始终悲观主义的我，读了她，似乎也开始有乐观的理由了。有一种孤独是因为爱，也有一种爱能超越孤独，两者相容之日方是白首之始吧！

后记

谈情感的书已经很多了，多我这一本不多，少我这一本不少，其实都无关大碍。但是看着周围失恋的人越来越多，恋爱中的人、婚姻中的人快乐的越来越少，有些话还是不吐不快。而且，很多话我未必是讲给别人听的，更多是说给自己的。说给别人的话，站在事不关己的角度，站在局外人的立场，其实谁都很容易说；而说给自己的，则是自己同自己辩论，而且还要自己把自己说服。这很难，因为要说真话，要白刀子进去红刀子出来。

越长大，你就越不得不承认，岁月真的、真的、真的是一把杀猪刀。当一个男人同时勾搭四五个女人，一个女人同时周旋在四五个男人中间，我们开始赤裸裸地看见人背后的性，看见光鲜下面的人性和兽性，杀猪刀一刀下去，肉落骨现。

在我们还小的时候，离婚的人开始有了，然而还不算多，那似乎是一件惊天动地的事，轧姘头也是要被戳脊梁骨的。然而到底物质上有了底气，开始瓦解道德，拆毁操守，人性和兽性同时开始萌芽，但还是遮遮掩掩，犹抱琵琶半遮面，只能等月上柳梢头，人约黄昏后。在我们父母还小的时候，几千年的道德积累下来，"超我"远远大于"本我"，夫妻之间即使没有感情，也可以靠着伦理和亲情去维持，人性只在一定的范围内滋生蔓延着，如野火，如篝火，如鬼火，虽然如大海中的明灯，但却不能风吹燎原，因为四周都是洪水滔天。

从我们到父母，再到祖父母，人性在爱情中时现时隐。如一位朋友所说："我只看到我们的爱，都是根植于我们自身，爱情的长度总是在人性的宽度内。没有超越一切的人性，就没有超越一切的爱情。"事实上，我想问的是，在一个人性远远大过人格的年代你要寻找什么样的另一半，要追逐什么样的爱情？也许，正因为荷尔蒙泛滥，柏拉图才开始显现出另外一种力量，我也相信那样的力量。但我想说，你不能在爱的瑜里不见瑕，不能只看到那是一朵花，而忘了它在本质上其实是生殖器。自从有人以来，支配上半身的，其实都是下半身。

人性的秘密，人的动物性秘密，很多时候就是爱情的秘密。你看着他不爱你了，其实是因为你对他而言没有吸引力了；你看着他越来越忙了，其实是因为他对你没新鲜感了。爱情的路你想一直向上，奈何人性却在一路向下，你要知道，80%的人离婚不是不爱了，其实是性不和谐了。其实，不单单是性，力比多、钱、房子、车子、感觉、关系等等，不也是一样的吗？

我这么说，也许你会失望，也许会失落，但是我不想让你失败，多学点人骨子里本质的东西没有坏处，越往坏处想，才能越往坏处准备，才能迎来好的结果。在恶里能看出花来的，才配戴花。还是人家舒淇说得好："人虽然是从畜生变化来的，但可惜的是，许多人又变了回去。从畜生到人，需要几万年的时间，但是，从人到畜生，只需一念之间。"所以你必须留一手，即使不担心自己变回去，也得提防哪一天哪一刻你身边的那个人会变回去。

说白了，我们每个人——无论男女——其实都是兽性、人性和神性之间的穿行者。有句话说，荷尔蒙负责一见钟情，柏拉图决定白头到老。这话说得很斩钉截铁，但是要记住，我们并非只有荷尔蒙和柏拉图。更多的时候，我们是借助于人性这个支点在压跷跷板，一头是兽性，另一头是神性，我们不断地上下浮沉、左支右绌，当一头沉下去时，另一头就会冒上来，反之亦然，于是不断沉，不断冒。只有这在沉和冒之间的，才是最真实存在的我们。

　　就是这样，我想把"我"说给你听，我想把"我"所代表和认识的人性说给你听！

出 品 人：许　永
责任编辑：许宗华
特邀编辑：林园林
装帧设计：李双鑫
内文排版：万　雪
印制总监：蒋　波
发行总监：田峰峥
投稿信箱：cmsdbj@163.com
发　　行：北京创美汇品图书有限公司
发行热线：010-59799930

创美工厂　　　创美工厂
微信公众平台　官方微博